少女A

新堂冬樹

祥伝社文庫

目次

第一章

1

渋谷のスクランブル交差点を行き交う人波は、まるでアリの大群のようだった。

テレビや雑誌でしかみたことのない憧れの大都会……東京のインパクトは小雪の想像を絶していた。

ワイドショーでみた「109」、雑誌に紹介されていた有名なカフェ、ファッションショーから飛び出してきたようなモデル並みの女性――視界に入るものすべてが、小雪の鼓動を高鳴らせ、血湧き肉躍らせた。

人の目がなければ、スキップしたい気分だった。

自分は、いま、東京を歩き、東京に触れ、東京を体感している。

小雪を圧倒し、魅了するのは人の数ばかりだけではなかった。

街全体に漲る活気や刺激に満ち溢れた空気が、小雪を夢中にさせた。

小雪は、大手レンタルDVD店の前で足を止めた。

店先の大型モニターに、賞を総なめにした映画が流されていた。

この映画には、小雪の大好きな……というより、尊敬する女優、芹沢悠が出演していた。

「凄いなぁ……」

小雪は、モニターに向かってため息を吐いた。

自分より十歳上で二十八歳の悠は、幼い頃からの憧れだった。

小学校、中学校の作文では、将来の夢は芹沢悠さんのような女優になりたい、と書いていたものだ。

こよなく映画を愛し、芸能人を目指していた母親の影響で、小雪は幼い頃から女優という職業に興味を持つようになった。

いや、興味を持つように仕向けられたというほうが正しいだろう。

叶わなかった自らの夢を娘に託した母親に連れられ、児童劇団の門を潜ったのが六歳の頃だった。

小雪は、本格的に演技の勉強をした。

芝居の才能があったのか、小雪は何本かのドラマに出演もした。

――小雪ちゃんは、将来は、ナタリー・ポートマンみたいな世界的大女優になれるわよ！

ドラマのロケ現場で、母親は我がことのようにハイテンションになって言った。

――うん！　小雪、ナタリーマンになる！

ナタリー・ポートマンが何者なのかは知らなかったが、小雪は母親を喜ばせたい一心だった。

小雪自身もまた、大きくなったら女優になるという夢を幼心に決めていた。

中学、高校と年齢を重ねるごとに、小雪の芸能界への想いは強くなった。

皮肉なことに、小雪の想いが強くなるほどに、芸能界への道は遠のいた。

小学生の頃はちょくちょく役を貰っていたが、成長するに従って仕事が減った。

以前は月に四、五本あったオーディションも、小雪が十五歳を過ぎた頃には月に一本あればいいほうで、ひどいときなど半年間なにもなしということも珍しくはなかった。

――「あすなろアカデミー」って、子役には強いけど大人になってから活躍している人いないんだよね。しょせんは児童劇団だし、小雪も本気で女優になりたいんだったら、東京の芸能事務所に入らないとね。

高校三年の夏休み――ふたつ上の姉、幸美の助言に背中を押され、オーディション雑誌を買い漁り、新人タレントオーディションを開催している芸能事務所に応募した。

「ワールドプロ」という芸能事務所の書類選考を通過したという報せを受けた小雪は、歓喜に飛び上がった。


――小雪ちゃん、おめでとう！　あーいよいよ、我が花崎家からもスターが誕生するのね！　表札とか盗まれないようにしなきゃ……そうそう、下着とかも干せないわね。

――私、月9に出られるかな⁉　母さんに豪邸を建ててあげるから！

――もう、母さんも小雪も、気が早いわよ。芸能界は、そんなに甘いものじゃないんだからね。


まだ所属が決まったわけではないのに浮かれる小雪と母を、幸美だけは冷静に窘めた。

もちろん、小雪もわかっていた。

みたこともないようなかわいいコが集まるオーディションを勝ち抜くのは、並大抵のことではないだろう。

なにより、片田舎の児童劇団でくすぶっていた自分が東京で通用するのか？

不安を考えたらキリがなかったが、自分の可能性を試してみたかった。

母の夢……そして、自分の夢を叶えたかった。

「待ち合わせ？」

不意に、背後から声をかけられた。

茶髪のウルフカットに小麦色に焼けた肌――振り返った小雪の視線の先には、ホストふうの男が立っていた。

「いいえ」

警戒心もなく、小雪は答えた。

「よかった。僕、こういう者だけど」

男が、軽い口調で言うと名刺を差し出してきた。

株式会社　リップグロス　新人開発部　マネージャー　井出秀一
「リップグロス……？」

小雪は、名刺に書いてある会社名を口にした。

「芸能プロダクションだけど、芸能界に興味ない？」

「あります。私、女優になりたいんです」

「おっ、ちょうどよかった！　ウチの事務所はテレビ局のプロデューサーや映画監督と繋(つな)がりがあるから、すぐに女優になれるよ！」

「私がですか⁉」

「うん、君、凄くかわいいし、オーラがあるし」

「本当ですか⁉」

小雪はテンションが上がり、裏返った声で訊(たず)ねた。

「ああ、本当だよ。俺、一日に何百人も女の子みてるけど、君みたいにかわいいコは初めてさ」

「そんなこと言われたの、初めてです。ありがとうございます！」

小雪は頬(ほお)を上気させ、頭を下げた。

「あのさ、ちょっとお茶つき合ってよ。ウチの事務所のこと、説明したいからさ」

「あ……すみません。私、これからオーディションなんです」

「え⁉　なんのオーディション？」

「『ワールドプロ』って芸能プロダクションのオーディションです」

「もったいないな……そんなとこのオーディションを受けるなんて」

井出が、残念そうに言った。

「『ワールドプロ』のオーディションを受けることが、どうしてもったいないんですか？」

小雪は、素朴な疑問を口にした。

「あそこは大手だけど、所属タレントが多過ぎてひとりひとりにたいして対応が冷たいんだよ。タレントのことも、物としかみてないしね」

「そうなんですか……」

井出の口から聞かされた情報に、小雪は動揺した。

書類選考の合格通知が届いてから期待感ばかりが膨らみ、「ワールドプロ」のことをそんなふうに考えたことはなかった。

「そうだよ。それに、競争相手が大勢いるから、プッシュしてもらえるかどうかの保証もないしね」

「プッシュ？」

言葉の意味がわからず、小雪は首を傾げた。

「うん。芸能界ってところはさ、売り出してもらわなきゃ仕事を貰えない……つまり、売れっ子タレントになるためには、事務所に押してもらわなければ無理ってことさ。ウチは会社は小さいけど、そのぶん、タレントひとりひとりにたいして力を入れているからブレイクする確率が高いんだ。君みたいに素質のあるコは、間違いなくエースタレントになれるよ。ねえ、『ワールドプロ』のオーディションなんてやめて、ウチにおいでよ」

井出の誘いの言葉に、小雪の鼓動は高鳴った。

誰かに、こんなに褒めてもらえたのは初めてのことだった。

しかし、出会うタイミングが遅かった。

「そんなふうに言ってくれて、嬉しいです。でも、せっかくのチャンスなので『ワールドプロ』のオーディションに挑んできます」

「ねえ、考え直してみようよ。ウチにくれば、ブレイク間違いなしだからさ。俺を信じて！」

井出は小雪の瞳をみつめ、熱っぽく訴えた。

「本当にごめんなさい……とっても嬉しいです。だけど、いま、オーディションを受けなければ、後悔しちゃうんで……褒めてくれたこと、自信になりました」

「そっか……残念だけど、諦めるよ。でもさ、オーディションうまくいかなかったら、電話くれよな」

井出は、哀しげな微笑みを浮かべると手を振り雑踏の中に消えた。

小雪は、人込みに消える井出の背中を複雑な視線で見送った。

もしかしたなら自分は、大変な過ちを犯したのかもしれない。

千載一遇のチャンスを、自ら追い払ったのかもしれない。

「だめだめだめ！」

小雪は、ネガティヴな思考を打ち消すとでもいうように頭を振った。

これから、大手プロダクションのオーディションに挑むというのに、後ろ向きな気持ちで受かるはずがない。

気持ちを切り替え、小雪はオーディション会場に向けて足を踏み出した。

☆　☆

「矢田真奈美、十七歳です。神奈川県横浜市からきました。このオーディションは、母が応募しました」

選考員を前に自己ピーアールする矢田真奈美の背後で、順番を待つ四人の候補者が椅子に座っていた。

小雪の順番は、次だった。

二十坪くらいの室内に長机が設置してあり、四人の男性とひとりの女性が厳しい顔で座っていた。

五人は、「ワールドプロ」のスタッフだ。

緊張に掌(てのひら)は冷や汗でびっしょりと濡(ぬ)れ、膝(ひざ)はガクガクと震(ふる)えていた。

いま自己アピールしている矢田真奈美も、順番を待つ三人も、みな、小顔でかわいく、スタイルも抜群(ばつぐん)だった。

ここにいる四人だけでなく、部屋の外で待機する百人を超(こ)える候補者達も魅力的なビジュアルをした女の子ばかりで、改めて小雪は芸能界を目指すライバル達のレベルの高さを思い知らされた。

小雪は、故郷では美少女として有名だった。

大袈裟(おおげさ)ではなく、群馬(ぐんま)の中学、高校で自分よりかわいい少女に出会ったことがなかった。

正直、芸能界に行っても楽に通用する自信があった。

甘かった。

日本中にこんなにハイレベルな美少女達が大勢いたとは思わなかった。

「真奈美ちゃんはさ、女優になりたいの？　それとも歌手？」

選考員のひとり……長髪にサングラスをかけた男性が質問した。

「どっちも、あんまり興味ありません」

にべもなく答える矢田真奈美を、小雪は弾(はじ)かれたようにみた。

「え？　君、芸能人になりたくてウチのオーディションを受けたんじゃないの？」

ポニーテイルの筋肉質の男性が、興味津々の表情で身を乗り出した。

「さっきも言いましたけど応募したのはお母さんで、私は芸能界に興味なかった……っていうか、毎日部活でテレビをまったくみてなかったんで、芸能人のこと全然知らないんです」

小雪は、耳を疑った。

彼女は、正気なのか？

芸能人になるためのオーディションを受けにきているというのに芸能界に興味がないと言うのは、落としてほしいと言っているようなものだ。

「じゃあ、書類選考受かっても、こなかったらよかったんじゃない？」

女子プロレスラーさながらのガタイのいい女性選考員の質問に、小雪は心で大きく頷いていた。

「お母さんを、ガッカリさせたくないんで」

矢田真奈美の素っ気ない言葉に、ふたたび小雪は耳を疑った。

お母さん、お母さん……彼女がオーディションに挑んでいるのは、自分のためではない。

芸能界には興味ないが、母親に勧められて仕方なく——つまりは、そういうことを言いたいのだ。

小雪を支配していた緊張が、怒りに変わった。

物心ついたときには児童劇団で演技のレッスンを受けていた小雪にとって、芸能界は聖地だった。

もし、芸能界で活躍できるなら、一生、結婚できなくても構わなかった。

もし、芸能界で活躍できるなら、いまより少しだけブスになっても構わなかった。

もし、芸能界で活躍できるなら、寿命が数年縮まっても構わなかった。

どんな犠牲を払ってでも女優になりたい小雪には、矢田真奈美のような腰かけ気分でオーディションを受けるタイプが一番許せなかった。

「オーディションを落ちてもガッカリしないってこと?」

長髪サングラスの男性が訊ねた。

「はい。受かっても、女優なんてなにやればいいかわからないし」

矢田真奈美が吐き捨てた。

小雪は、怒りを通り越して呆れ果てた。

考えてみたら、彼女が信じられない言動をすれば不合格になりライバルがひとり減るのだ。

もっと空気の読めない発言をし、選考員から嫌われればいい。

「面白いね、君は」

長髪サングラスが、瞳を輝かせ身を乗り出した。

彼は、矢田真奈美をからかっているだけに違いない。

こんなに不真面目でやる気のない応募者が気に入られるはずがない。

「そうね、新鮮だわ」

女子プロレスラーもどきの女性選考員が微笑んだ。

「なかなか、印象的なコだよ。ここまで突き抜けてるのは、ひとつの才能だ」

白髪混じりの無精髭を生やした男性選考員が、感心したように言った。

はぁ⁉　ひとつの才能⁉　こんなやる気のない適当な女の、どこがいいわけ⁉


小雪は、心で抗議した。

「二十六番の人、行こうか」

選考員の声に、小雪の心臓は跳ね上がった。

「はい！」

小雪は弾かれたように椅子から立ち上がり、選考員の前に歩み出た。

「花崎小雪、十八歳です！　六歳のときから『あすなろアカデミー』に入団し、何本かドラマに出させて頂（いただ）きました！」

小雪は、ひと息に自己ピーアールをした。

緊張に膝が震え、口の中が干上（ひあ）がった。

「花崎さんは、ウチの事務所に入ったらどんなタレントになりたいの？」

長髪サングラスが、ボールペンを指の上でクルクルと回しながら質問してきた。

「私が出演しているドラマや映画を観（み）ている人達に、夢や希望を与えられるような演技のできる役者さんになりたいです！」

小雪は、幼い頃から児童劇団の演技講師に教え込まれてきたことを口にした。

――役者っていうのは、どれだけ人の心に訴えかけられる演技ができるかどうかが重要なのよ。かつぜつをよくして、全身で演技ができるようになること。そのためには、ワークショップやなんかで演技レッスンをみっちり積まないとね。

耳にタコができるほどに聞かされ続けた演技講師の言葉が、脳裏（のうり）にリプレイされた。

「観ている人達に夢や希望を与えられる演技って、具体的にはどんな感じ？」

質問してきたポニーテイルの男性は、気のせいなのか薄ら笑いを浮かべているようにみえた。

「心を打ち震わせることのできる演技だと思います。そのためには、一にも二にもしっかりした演技力を身につけることが必要です」

「あなた、それ、本気で言ってるの？」

女子プロレスラーもどきが、呆れたように訊ねてきた。

「え……？」

「出た出た。観ている人に夢や希望を与えることのできる演技……劇団系の役者って、みんな、そう言うんだよな」

それまでひと言も発していなかったニットキャップを被った男性の皮肉っぽいひと言が、小雪の胸に突き刺さった。

「君さ、オーディション受かりたいんだったら、そういうのやめたほうがいいよ」

長髪サングラスのアドバイスは、小雪には意味不明なものだった。

「あの……私のなにがいけないんですか？」

勇気を出して、小雪は訊ねた。

「じゃあ教えてあげるけど、俺ら、今回のオーディションで日に百人、三日間で三百人もみるんだよ。君みたいなさ、優等生的な自己紹介をするいいコちゃんタイプは、印象に残らないんだよね。っていうか、マニュアル通りにやってますって感じがみえみえで胸に入ってこないんだよ」

「私もそう思うわ。はきはきした喋(しゃべ)りかたも笑顔の作りかたも、そういう教育を受けましたっていうのがバレバレで、言っちゃ悪いんだけど、宗教団体に洗脳された信者みたいであなたの信念みたいなものがみえてこないのよ」

長髪サングラスと女子プロレスラーもどきが、小雪の心に爪(つめ)を立てた。

「比較してなんだけど、君の前のコのほうが、よっぽど伝わってくるものがあったね」

ニットキャップの言葉が、小雪の怒りのスイッチを押した。

「芸能界にたいしてやる気のない彼女のどこが、伝わってくるんですか⁉」

憤然(ふんぜん)とした表情で、小雪はニットキャップに質問した。

「オーディションにきてるのにさ、これだけの大人達を前にして、芸能界に興味ない、合格したくないって言える度胸は凄いと思うけどね」

「だからって、真面目に女優を目指している人間より不真面目な人間を褒めるって……私、納得できません！」

小雪は、自分が置かれている立場を忘れて抗議した。

「納得できるとかできないとか……」

「あなたね……」

ニットキャップの言葉を、女子プロレスラーもどきが遮(さえぎ)った。

「真面目とか不真面目とか言ってるけど、なにを基準にそう決めつけてるわけ？　さっきのコみたいにさ、正直に芸能界に興味ないって答えるのが不真面目で、あなたみたいに模範的な受け答えをするのが真面目なの？」

「別に、私が真面目だって言う気は……」

「いいのよ、真面目でも」

女子プロレスラーもどきが、今度は小雪を遮った。

「いい？　いまから、芸能界ってものを教えてあげる。後ろのコ達も、芸能界で生きて行く上で重要なことだから、よく聞いていなさい。芸能界で必要な真面目さは、挨拶ができることと集合時間に遅れないことのふたつができれば十分なのよ。相手が喜びそうな優等生発言は必要ないどころかマイナスにしかならないわ。芸能界が求めてるのは、自分の言葉で喋れる人間……つまり、個性が突出した人間よ。どこかで聞いたような、どこかでみたような、そんな使い古されたステレオタイプの人間は腐るほどいてうんざりなのよ。今回も『あすなろ』さんとこの女の子が何人かいたけど、みな、あなたと同じような自己ピーアールをしてたわよ」

「つまり、小雪ちゃんの言うことは先の先まで読めるから、つまらないんだよ。すべてが予想の範疇だし……芸能界は、ずば抜けた個性の集まりだから、自分だけの武器がなきややってゆけないよ。はっきり言っちゃえば、君は印象に残らないタイプだね」

女子プロレスラーもどきと長髪サングラスが、小雪の心をズタズタに引き裂いた。

「あ、もう、下がっていいよ。次、二十七番の人どうぞ」

言葉を失い立ち尽くしている小雪に、長髪サングラスが興味を失ったように言った。

「私、まだ、自己ピーアール終わってません！」

「いやいや、もう、十分だよ。ありがとう」

長髪サングラスは、まったく感情の籠もらない口調で言うと、話は終わったとばかりに次の少女に視線を移した。

「待ってください！　私、この日に懸けて群馬から上京したんですっ。こんなんじゃ、田舎に帰れません！」

小雪は、感情的に訴えた。

「あなた、いい加減にしなさい！　泣き落としや同情で成功するほど芸能界は甘くはないわよ！　さっさと席に戻りなさい！」

女子プロレスラーもどきが般若の如き形相で小雪を一喝した。

小雪は、出口に向かって足を踏み出した。

「ちょっと、君、勝手に出ちゃだめだよ。いまは、オーディション……」

「絶対にトップ女優になって、あなた達を後悔させますから！」

小雪は足を止め選考員を見渡しながら断言すると、オーディション会場を飛び出した。

廊下に待機していた候補者達が、驚いた顔を向けてきた。

建物の外に出た小雪は、足を止め天を仰いだ。

そうしなければ、涙が零れ落ちそうだったからだ。

皮肉にも、小雪の心に広がる暗雲とは対照的な澄み渡った青空が広がっていた。

トップ女優になるまでは、どんなにつらく哀しい出来事があっても涙は流さないと決めていた。

涙を流すときは……夢を諦めるときだ。

なにかに導かれるように、小雪はポシェットに入っていた名刺を取り出した。

無意識に、名刺に書かれている携帯電話の番号ボタンをプッシュしていた。

『はい、井出ですけど』

つい数時間前に聞いた、ウルフカットのホストふうの男の声が受話口から流れてきた。

「もしもし……さっき、渋谷のレンタルＤＶＤ店の前で声をかけてもらったんですけど、覚えてますか？」

小雪は、ある誓いを立てていた。

夢が現実になるまでは、立ち止まりはしないという誓いを。

そして、なにを犠牲にしてでも、トップ女優になるという誓いを……。

2

「ハチ公口」の改札を抜けた小雪は、人波を縫うように進みつつ指定された銀行の看板を探した。

百五十七センチの小雪の視界は人波の壁に遮られ、爪先立ちにならなければ通り沿いの看板を肉眼で捉えることができなかった。

『ああ、もちろん、覚えてるよ。どうしたの?』

「ワールドプロ」のオーディション会場を飛び出した小雪は、スカウトされたホストふうの男——井出に縋る思いで電話をかけた。

『……いまから、そちらにオーディションに行ってもいいですか?』

小雪の心臓は、破れそうなほどに早鐘を打っていた。

『え⁉　嬉しいけど、「ワールドプロ」のオーディションはどうしたの？　まだ、途中じゃないの⁉』

井出は、素頓狂な声で矢継ぎ早に訊ねてきた。

『はい。なんか、感じ悪かったし……飛び出してきちゃいました』

あっけらかんとした口調で、小雪は言った。

『えー！　俺が言うのもなんだけど、もったいないな。後悔するんじゃない？』

『後悔なんて、絶対にしません！　それとも、私がそちらにオーディションに行くの迷惑ですか？』

不安が、小雪の胸に広がった。

『迷惑なわけないじゃん！　君がウチにきてくれるだけで、超嬉しいよっ。オーディションなんて、受ける必要はないよ。社長に紹介したいから、すぐにきて！　渋谷「ハチ公口」の「朝陽銀行」が入ってるビルの隣のビルだから。わからなくなったら、迎えに行くから電話ちょうだい』

人込みを抜けると、「朝陽銀行」の赤い看板が眼に入った。

スクランブル交差点の歩行者信号はまだ赤だというのに、通行人の大群は堂々と「信号無視」して渡っていた。

その人波の中に、小雪も混じっていた。

地元では目立つということもあり、赤信号で横断歩道を渡るなどありえなかった。

なので、たかが信号無視であっても、小雪の胸は罪悪感に締めつけられ息苦しかった。

「朝陽銀行」の隣には、こぢんまりとした雑居ビルが建っていた。

小雪はエレベータに乗り込み、「リップグロス」の入る五階のボタンを押した。

階数表示のランプが上昇するごとに、鼓動が高鳴った。

エレベータの扉が開き、小雪はフロアに下りた。

目の前には、クリーム色に塗られたスチール製のドアが三つ並んでいた。

真ん中のドアに、「リップグロス」というプレートが貼られていた。

小雪は深呼吸をし、インタホンのベルを押した。

ほどなくしてドアが開くと、ブルドッグそっくりな太った男が現われた。

「どちらさん？」

　太った男は籠もった声で言うと、小雪の全身に舐め回すような視線を這わせた。

「あ……私、井出さんって方にオーディションに呼ばれて……」

　小雪の喉は、緊張でカラカラに渇いていた。

「待ってたよ！」

　太った男の背後から、井出が笑顔で現われた。

「秀、いいコじゃないか。新人か？」

　太った男が、ニヤニヤしながら言った。

「あとで、詳しく報告しますよ。さあ、こっちにきて」

　井出が太った男から小雪に視線を移し、促した。

　小雪は頭を下げ、室内に足を踏み入れた。

　煙草の臭いが、小雪の身体に纏わりついた。

　事務所は十坪ほどの縦長のスペースにスチールデスクが三脚ずつ向かい合い、作業していた三人の男性スタッフが弾かれたように小雪をみた。

　最初に出てきた太った男もそうだが、この事務所のスタッフの視線はあまり気持ちのいいものではなかった。

　それぞれのデスクの上にはパソコンが置かれ、ＤＶＤが乱雑に積まれていた。

小雪は、ＤＶＤのパッケージを二度見した。

裸の女性が映っていたからだ。

小雪は、ほかのＤＶＤに視線を移した。

さっきとは別の女性の裸の写真が載ったパッケージだった。

小雪の心が、急速に不安感に支配されかけたときだった。

「ごめんね、ウチ、編集プロダクションもやってるんだ。こっちに入って」

井出は言いながら、パーティションで仕切られた最奥の応接室に小雪を通した。

「編集プロダクション？」

「そう。よその会社が撮影したテープを、編集して商品に仕上げるんだ。芸能プロだけじゃ、なかなか儲からなくてね。だから、ああいうエッチなものもときには扱わなきゃならなくってさ。座って」

井出が、黒革張りの応接ソファに右手を投げた。

「そうなんですか。大変ですね」

小雪は、ソファに腰を下ろしつつ言った。

内心、ホッとしていた。

ＤＶＤを見た瞬間、「リップグロス」が如何わしい会社ではないかという疑念が過っていたのだ。

「なに飲む?」

井出が、小型の冷蔵庫を開き訊ねてきた。

「って言っても、缶コーヒーとミネラルウォーターしかないけどさ」

「ありがとうございます。じゃあ、ミネラルウォーターをください」

事務所の入っているビルの外観や雰囲気など、メジャー感は圧倒的に「ワールドプロ」のほうがあったが、井出には温かみがあった。

「本当に、きてくれて嬉しいよ」

キャップを外したミネラルウォーターのペットボトルを差し出した井出が、白い歯を覗かせた。

ホストふうの軽薄なみかけとは裏腹に、井出からは人情味を感じた。

「私、女優になれるんですか?」

早速、小雪は前屈みになり質問した。

「うん、そのためにスカウトしたんだからさ」

「お金とか、かからないですか? 登録料とかレッスン費用とか?」

小雪は、一番、気になることを口にした。

インターネットなどの噂では、あらゆる名目で金を取るプロダクションが多いらしい。

小雪の地元の友人も、以前、東京の芸能プロダクションのオーディションに合格後に、プロデュース費用という名目で五十万の費用を請求された。

「お金は、一円もかからないよ。君の身体ひとつで、飛び込んできてくれればいいよ。それより、まだ、君の名前を聞いてないんだよね」

「あ、ごめんなさい。花崎小雪と言います」

「最近の若いコは、芸名みたいな本名なんだね」

「井出さんも、若いですよね?」

「僕、いくつにみえる?」

悪戯っぽい顔で、井出が訊ねてきた。

「ええ……いくつだろう? 二十七歳くらいですか?」

「二十三歳だよ」

「井出さんも、若いじゃないですか!」

もっと年上とばかり思っていた小雪は、頓狂な声を上げた。

「いやいや、二十三歳なんて、もうおっさんだよ。五つしか変わらなくても、いま時の十代のコは別の生き物だからね。ところでさ、小雪ちゃんのご両親はなにをやってる人?」

「父は公務員で、母はスーパーでパートしてます」

「お父さん、もしかして警察官!?」

井出が、身を乗り出し訊ねてきた。

「いいえ、市役所の職員です」

「公務員っていうから、もしかしてって思ったんだ。芸能界に入ることは、反対してないの？」

「反対どころか、母は私以上に積極的です。幼い頃に児童劇団に私を入れたのも、母なんです」

「お父さんは？」

「父は、どちらでもありません……っていうか、出張がちだし、無関心で母任せなんです」

「じゃあ、小雪ちゃんの芸能活動に関しては、基本的にお母さんの許可を取れば大丈夫ってことだね？」

小雪は頷いた。

「了解。話を進めるけど、小雪ちゃんは、どういった活動をしていきたいわけ？」

「私は、芹沢悠さんみたいな、独特の空気感のある女優になるのが目標です」

「ああ、彼女は凄いよね。まだ二十八歳なのに、大女優の貫禄があるし」

「ですよね⁉　どうやったら、彼女みたいな女優になれるのか、そればっかり考えてます」

本当だった。

芹沢悠が出演しているドラマや映画は、デビュー作からほとんど観ていた。

実家の部屋も、彼女のポスターやカレンダーで埋め尽くしているほどだった。

「芹沢悠がグラビアアイドルをやっていたの知ってる？」

「え⁉　グラビアアイドルって、水着になってたってことですか⁉」

驚きを隠せずに、小雪は身を乗り出した。

芹沢悠が水着になっていたなど、初耳だった。

「彼女は芹沢悠でデビューする前に、千春って芸名でグラビアアイドルをやっていたんだよ。ちょっと待ってて、いま出すから」

井出はノートパソコンを膝上に載せ、キーを叩き始めた。

リズミカルにキーの上を走る細く長い指に、小雪は見惚れた。

「ほら、みてみな」

井出が、ノートパソコンのディスプレイを小雪のほうに向けた。

ディスプレイには、水着がはちきれそうな豊満な胸の谷間を強調するような前屈みのポーズで笑っている少女の写真が写っていた。

「これ、誰ですか？」

「千春時代の芹沢悠だよ」

「え⁉」

小雪は驚き、食い入るように写真の少女をみつめた。

たしかに健康的な色気のあるかわいらしい少女だったが、芹沢悠とは似ていなかった……というより、別人にみえた。

「私が目標にしている女優さんは、芹沢悠さんですよ?」

井出が別の女優と勘違いしている恐れがあると思い、小雪は、念を押すように言った。

芹沢悠の代名詞のひとつは、スレンダーボディだ。

水着姿の少女は胸も大きいが、そのぶん、全体的に脂肪がついているぽっちゃり体型だった。

なにより、目鼻立ちが全然違った。

切れ長の二重瞼と欧米人のような尖った鼻の芹沢悠にたいし、水着姿の少女は浮腫んだひと重瞼に肉厚な団子鼻で、どの角度からみても同一人物とは思えなかった。

「ああ、わかってるよ。別人だって言いたいんだろ?」

小雪は頷いた。

「千春から芹沢悠に改名する前に、整形したのさ」

「嘘ですっ、悠さんが整形だなんて!」

小雪は、自分でもびっくりするほどの大声を出していた。

「嘘じゃないさ。眼を二重にして鼻を高くして……あと、下腹と太腿の脂肪も吸引してるしね。芸能界でトップになるためには、整形くらいあたりまえさ。芹沢悠は、いまの地位になるまで……千春時代に、いろんなことに挑戦した」

言いながら、井出はパソコンのディスプレイの写真をスライドさせた。

バランスボールにお尻を突き出すように乗っているショット、濡れて透けたTシャツのショット、小さな面積のビキニ姿で開脚しているショット……どのショットも、過激なものばかりだった。

「本当に……彼女は、芹沢悠さんなんですか？」

悪い夢をみているとでもいうような顔で、小雪は訊ねた。

凛として、気高く、唯一無二の世界観を持っている女優……それが、小雪の中の芹沢悠だった。

以前は美人ではなかったから、というだけがショックな理由ではなかった。

ディスプレイの中の、媚びるような笑顔を振りまき破廉恥なポーズを取る女性が、小雪の憧れ続けてきたスターとは思えなかった……いや、思いたくはなかった。

「ま、これだけ顔が違えば信じられないのも仕方ないな。じゃあ、いま、嘘じゃないってことを証明してやるから」

言いながら、井出はインターネットでなにかの検索を始めた。

「あった！　ほら」

井出が少年のように無邪気に瞳を輝かせ、ふたたびディスプレイを小雪のほうに向けた。

小雪の視界に飛び込んできたのは、卒業アルバムの写真だった。

その写真の中の少女は、さっきまでみていた千春というグラビアアイドルと同じ顔をしていた。

そして、写真の下に書いてある名前は、芹沢悠となっていた。

「いまと、全然違う……」

呟くように、小雪は言った。

「だから、整形したのさ。いまのままの自分じゃ売れないと思ってね」

「顔もそうなんですけど、雰囲気が全然違ってびっくりしました」

「夢を叶えるために下着みたいな水着を着て、エッチなポーズして微笑む彼女を軽蔑するかい？」

井出が、興味津々の表情で身を乗り出してきた。

「軽蔑はしませんけど、正直、ちょっと複雑です。小さな頃から、ずっと私が憧れてきた人ですから」

「憧れてきた人がグラビアやってたら、どうして複雑なの？」

「なんだかB級タレントみたいで……」

「なるほど。ガッカリだな」

「はい、ちょっとだけですけど、ガッカリです」

「僕がガッカリって言ったのは小雪ちゃん、君にだよ」

「え……?」

予想だにしない井出の言葉に、小雪は絶句した。

「千春時代の芹沢悠は、かわいくもなければ抜群のスタイルだったわけでもない。君の言う通り、B級タレントさ。だから、顔イジって、身体イジって、水着で勝負したんだよ。トップにのし上がるには、それしかなかった。彼女だけじゃなく、ゴールデン帯(タイム)の連ドラで活躍してる売れっ子女優のほとんどが、デビュー後数年は水着で男性週刊誌のグラビアの仕事やDVDを発売してるんだ。君は、デビューしてすぐにヒロインに抜擢(ばってき)されるようなシンデレラストーリーに憧れて芸能界を目指していたのか?」

井出は口調こそ穏(おだ)やかだが、瞳には非難のいろが宿っていた。

「いえ……」

小雪は、それだけ返すのがやっとだった。

「君は、もっとハングリーだと思ってた。夢を叶えるためなら、どんな茨(いばら)の道でも突き進むような逞(たくま)しさを持ってる女の子だって。女優やってたら、水着どころかヌードにならなければならないかもしれないんだよ? 小雪ちゃん、どうする? オファーがきたら脱げる？」

「その場所に誰もいないなら、なんとか……」

干乾(ひから)びた声で、小雪は言った。

人前で服を脱ぐなど、考えただけで羞恥(しゅうち)に顔から火が出そうだった。

実家でも、同性の母や姉の前でも下着姿にさえなったことはなかった。

自分の身体に、コンプレックスがあるわけではなかった。

むしろ、母譲(ゆず)りの大きな胸に括(くび)れた腰回りは、小雪の密(ひそ)かな自慢だった。

――いい？　ああいう安い女になっちゃだめよ。一瞬、男の人の眼を引いてちやほやされるかもしれないけど、いいように遊ばれてポイ捨てされるのが落ちよ。小雪ちゃんは、高い女にならないとね。

中学生の夏休み。地元の商店街で買い物をしているときに、露出度の高い派手なキャミソールワンピースを着たふたりのギャルをみて、母が嫌悪感たっぷりに言った。

――安い女とか高い女ってなに？

当時十三歳だった小雪は、初めて耳にするフレーズに首を傾げた。

——安い女っていうのはね、隙だらけでお尻の軽い女のことを言うの。必要以上に肌をみせる下品な格好をして、男に媚を売って。誘ったらすぐについてくるだろうとか、男の人からも軽くみられて、街を歩けば声をかけられる。それをモテてると勘違いして、どんどん派手で下品になってゆく。高い女っていうのは、清楚で、気品があって、魅力に満ち溢れ、その人の周囲だけ空気が違う。誰もが、声をかけたいけど、眩しいほどの魅力に圧倒されてかけられない。小雪ちゃんも、そういう女にならないとね。

母は身嗜みや異性関係に厳しく、小雪は現在に至るまで恋人はおろか、ボーイフレンドができたこともなかった。

もちろん、キスの経験もない。

だが、不満はなかった。

同年代の友人達がデートしていても、小雪は羨ましいとは思わなかった。

自分が目指している場所は、「選ばれし者だけが集う世界」だ。

誰もが行きたくても……努力したからといって、行ける世界ではない。

小雪は、一生かかっても友人達が体験できない世界へ行くと決めているので、友人と遊びに行けなくても彼氏ができなくても、少しも残念ではなかった。

「撮影現場に人がいないとこなんて、あるわけないじゃん？　小さな現場でも、十人くらいのスタッフはいるし、大きな現場だと五十人くらいはいるもんだよ。っていうかさ、そんなこと言ってる時点で、女優になるなんて無理じゃん？　じゃあ、そういうことで」

井出が、ソファから立ち上がった。

小雪は、不安げな瞳で井出を見上げた。

「あ、もう、帰っていいよ」

頭が、まっ白に染まった。

「中途半端なミーハー気分で芸能界に入りたいなんて夢みてる君に、つき合ってる時間はないんだ。オーディション受けるコはほかにもいるしね」

今度は、心臓を鷲掴み（わしづか）にされたような気分になった。

「入るわよ。立ち聞きしちゃったけど、井出君、厳し過ぎるんじゃない」

麦茶のグラスを載せたトレイを手に持った赤茶の髪をした女性が、応接室に現われた。

「私、この会社で紅一点（こういってん）の中川真沙子（なかがわまさこ）よ。よろしくね」

真沙子が、麦茶のグラスを小雪の前に置きながら微笑んだ。

前屈みになったときに、ざっくりと開いたワンピースの胸（むな）もとからたわわな胸の谷間が覗いた。

ホステスをやってるといっても違和感のない真沙子は、本来、小雪の苦手なタイプのはずだったが、不思議と彼女には好感が持てた。

「だって、このコ、女優になりたいって言ってるくせに、水着になるのもいやだなんて言ってるんですよ？　そんなんで芸能界で勝ち抜いていけるわけないじゃないですか？」

「最初はそうでも、続けていくうちにプロ意識が高くなっていくコもいるし、もうちょっと、ゆっくりみてあげない？」

「すみませんが、真沙子さんは黙(だま)っててください。彼女は、僕がスカウトしてきたんです。彼女を所属させるもさせないも、僕が決めます。さあ、はやく戻って」

井出が、真沙子から小雪に視線を移し、抑揚(よくよう)のない口調で言った。

「お願いしますっ、私、軽い気持ちなんかじゃありません！　本気で、女優になりたいんです！」

小雪は立ち上がり、井出に熱く訴えた。

「じゃあ、いま、映画のワンシーンだと思ってここで脱いでみろよ。全裸じゃなく、下着姿でいいからさ」

唐突(とうとつ)な井出の要求に、小雪は凍(い)てついた。

「ほら、どうした？　早く、脱げよ」

「私……」

「脱げないなら、ここから出て行ってくれ。脱ぐか出て行くか、ふたつにひとつだ」

自分を試すような瞳で、井出が見据えてきた。

どうすればいい？　どうすればいい!?　どうすればいい！

頭の中で、切迫した声が鳴り響いた。

――花崎家から、月９女優の誕生ね！　あなたは、私の「夢」よ。

母の声がした。

――小雪、安い女じゃなく、高い女にならなきゃだめよ。

また、母の声がした。

「ありがとう……ございました……」

小雪は魂の抜け落ちたような声で言うと、踵を返し駆け出した。

「リップグロス」の事務所を飛び出した小雪の目尻から溢れ出した涙が、風に流され空に消えた。

まるで、小雪の「夢」のように……。

3

人込みも、行き交う車も、ファッションビルもカフェも霞んでみえた。

上京したときは希望に満ち軽やかだった小雪の足取りも、錘をつけられたように重かった。

「誰かと待ち合わせ？」

「ひとり？」

「ねえねえ、どこに行くの？」

「読モに興味ない？」

何人もの男性が、声をかけてきた。

そのすべてを無視し、小雪は虚ろな表情で歩き続けた。

「事務所近くだからさ、寄ってってよ」

タイトなスーツに身を包んだ不自然に陽焼けした男性が、行く手を遮った。

――中途半端なミーハー気分で芸能界に入りたいなんて夢みてる君に、つき合ってる時間はないんだ。オーディション受けるコはほかにもいるしね。

蘇る井出の声が、小雪の心の傷口を抉った。

――お願いしますっ、私、軽い気持ちなんかじゃありません！　本気で、女優になりたいんです！

――じゃあ、いま、映画のワンシーンだと思ってここで脱いでみろよ。全裸じゃなく、下着姿でいいからさ。

あのときの小雪は思考能力を失い、なにも考えることができなかった。

井出の言うことを拒否したわけではない。ただ、脳内が白く染まっていたのだ。

――ほら、どうした？　早く、脱げよ。

井出のいら立った声にも、身体が反応しなかった。

――脱げないなら、ここから出て行ってくれ。脱ぐか出て行くか、ふたつにひとつだ。

気づいたときには、「リップグロス」の事務所を飛び出していた。

「ワールドプロ」のオーディションを途中棄権したときは、自らの意志だった。

今度は違った。

よく考えがまとまらないうちに、事務所をあとにしていた。

「時間取らせないからさ」

陽焼けしたスカウトマンに腕を引かれ、小雪は歩み出していた。

どこに連れて行かれようとしているかも、彼が何者かも知らない。

いまの小雪は、せっかく摑めそうだったチャンスを自ら手放したことへの後悔に意識のすべてが向いていた。

「あ、彼女はウチの所属だから。ごめんね」

突然現われた女性が、小雪の肩を抱きスカウトマンから引き離した。

「おい、ちょっと……」

スカウトマンは不服そうな顔をしていたが、追ってくる気配はなかった。

「気をつけないとだめよ。渋谷は、悪いスカウトマンがうようよしてるからさ。いまのはキャバクラのスカウトマンだから」

「ありがとうござ……あ……」

礼を言いかけた小雪は、見覚えのある女性の顔に言葉を吞んだ。

「さっきの……？」

「そうよ。話があって、追いかけてきたの」

女性――「リップグロス」のスタッフ、真沙子が白い歯をみせた。

「少し、時間くれるかな？」

真沙子の誘いに躊躇うことなく、小雪は頷いていた。

「夢の扉」は、まだ閉じてはいなかった。
☆　☆

真沙子に連れて行かれたのは、スクランブル交差点付近の地下のカフェだった。

いまの時代にしては珍しくフロアは分煙されておらず、紫煙がもうもうと立ち込めていた。

小雪はカフェ・オ・レ、真沙子はコーヒーを注文した。

「ごめんね、環境悪くて。私、結構、ヘビースモーカーなんだ」

言いながら、真沙子は煙草を取り出し火をつけた。

「いえ、大丈夫です。話って、なんですか？」

「井出君、信じてるよ。あなたが戻ってくるって」

真沙子が、小雪の瞳を直視した。

「でも、出て行けって……」

小雪は、消え入りそうな声で言った。

「それは、小雪ちゃんを試したのよ」

「試した?」

「うん。井出君、以前に、凄く情熱を注いでいたタレントに裏切られたの。青森から出てきた十八歳の女の子で、ヒミカって名前だった。ヒミカは、色白で、眼が大きく垂れていて、小雪ちゃんによく似てたわ。井出君、朝から晩までテレビ局や製作会社に売り込みに走って、空いてる時間はヒミカにボイスや演技のレッスンをさせていたわ。それこそう、寝ても覚めてもヒミカのために動き回ってた。苦労の甲斐があって、ドラマの出演が決まったの。セリフがひとつの脇役だけど、井出君、大喜びしてたわ。芸能界に、新人も含めてどれくらいの数の女性タレントがいると思う?」

唐突に、真沙子が小雪に質問をしてきた。

「五千人くらいですか?」

「ううん、二万人を超えているわ」

「そんなにですか!?」

小雪は、驚きの声を上げた。

「二万人っていうのはタレント名鑑に登録されている数だから、本当はその倍くらいいるんじゃないかしら。約四万人の中で、テレビのドラマに出演できるのはほんのひと握りだけ。多くの女優は、一度もドラマ出演することなく消えてゆくのが現状よ。そう考えると、井出君は頑張ったと思うし、ヒミカは恵まれていたわ。だけど、ドラマのロケが始まる数日前に、ヒミカが事務所に現われてとんでもないことを言ったのよ。妊娠したから事務所を辞めたいって……数日後には、ドラマのロケが始まるっていうのに信じられる？　事務所が違約金を払ってトラブルは解決したんだけど、その違約金はスカウトしてきた井出君への貸し付けってことになったの。つまり、井出君はヒミカのせいで多額の借金を背負うことになったってわけ」

言葉を切った真沙子は、小さく首を振りながらため息を吐いた。

「そんな……」

小雪は絶句した。

「結局、ヒミカにとっての女優はミーハー気分の腰かけに過ぎなかったっていうことね。井出君が女優を目指すコ達にたいして厳しくなったのは、彼女の一件があってからよ。まあ、トラウマみたいなものかな」

真沙子の口調は、弟を思いやる姉のように優しいものだった。

――中途半端なミーハー気分で芸能界に入りたいなんて夢みてる君に、つき合ってる時間はないんだ。

ふたたび脳裏に蘇る井出の言葉――さっきより、心に染み渡った。

自分の煮え切らない態度に、井出はヒミカの姿を重ね合わせたに違いない。

「悔しい……」

自然と、唇から言葉が漏れ出した。

「え……？　なにが？」

真沙子が、首を傾げた。

「せっかく井出さんにスカウトしてもらったのに、あんな態度しかできなくて……私、本気なんです。遊び気分なんかじゃなく、真剣に女優を目指しているんですっ」

小雪は、拳を握り締め訴えた。

「わかってるわよ」

「脱げなかったのは、いきなりで驚いて……どうしていいかわからなくて……」

井出の前での情けない自分の姿を思い出し、小雪は唇を噛んだ。

「わかってるって」

「お願いしますっ。もう一度、私にチャンスをください！」

小雪は、テーブルに額を押しつけた。

周囲の客達が、好奇の視線を向けてきた。

「もちろんよ。ほら、顔を上げて」

「え……じゃあ、許してもらえるんですか!?」

「許すも許さないも、小雪ちゃんはなにも悪いことしてないじゃない。それにウチの事務所にほしいから、あなたを追いかけてきたのよ」

真沙子の優しい笑顔に、小雪の胸が熱くなった。

「あ……ありがとうございます！　私、命懸けでやりますっ」

小雪は、大声で言うと立ち上がり、頭を下げた。

周囲の客の眼など、どうでもよかった。

「夢」を自ら断ち切ってしまい絶望していた小雪に、ひと筋の光が射した。

「うん、でも、命までは懸けなくてもいいのよ」

真沙子が、微笑ましい顔で小雪をみつめた。

「いいえ、命を懸けます！」

小雪は、胸を張り宣言した。

嘘ではなかった。

一度手から零れ落ちたチャンス——もう二度と、逃がしはしない。

た。

☆　☆

ふたたび戻ってきた「リップグロス」のビル――ドアの前で小雪は、深呼吸を繰り返し

真沙子は受け入れてくれたが、井出は許してくれるだろうか？

緊張に口の中がからからに渇き、鼓動が高鳴った。

「リラックスして。私からもお願いするからさ」

真沙子の手が、小雪の背中を励ますように叩いた。

小雪が頷くと、真沙子がドアを開けた。

「あれ？　お嬢ちゃん、またきたの？」

顔中が無精髭に覆われた小太りの中年男性が、煙草の紫煙を撒き散らしながら言った。

小雪は中年男性に頭を下げ、真沙子の背中に続いた。

パーティション越しの応接室が近づくに連れ、さらに鼓動が高鳴った。

「井出君、入るわよ」

言い終わらないうちに、真沙子は応接室のドアを開けた。

「なにしに帰ってきた？」

ソファでノートパソコンを操作していた井出が、小雪に冷たい眼を向けた。

「小雪ちゃんは思い直して……」

助け舟を出そうとした真沙子を、井出が厳しい口調で遮った。

「真沙子さんに訊いてるんじゃない」

小雪は、膝に額がつくほどに深々と頭を下げた。

「飛び出してしまってすみませんでした」

「で？」

小雪が頭を上げると、懐疑的な表情の井出と眼が合った。

「私、中途半端な気持ちで芸能界を目指しているわけじゃありません。さっきは、突然のことでわけがわからなくなってしまって……だから、もう一度、お願いにきました」

「真沙子さんが追いかけてきたからだろう？　じゃなきゃ、そのまま帰ってたはずだ」

「違います。今日じゃないかもしれませんけど、必ず、もう一度きてました」

「まあ、なんにしても、面接オーディションは終わった。君は不合格だ」

にべもなく、井出が言った。

「声をかけてくれたときはあんなに誘ってくれたじゃないですか⁉　一度の失敗で、二度とチャンスをくれないんですか⁉　私は、そんなに価値のない人間ですか⁉」

やり場のない怒り――小雪は、涙眼で井出を睨みつけた。

「本気で女優を目指しているコになら、何度だって何十回だってチャンスはやるさ。でも、僕のみたところ、君から熱意を感じなかった。声をかけたのはナンパ目的じゃなく、女優を発掘するのが目的だった。君が本気じゃないってわかった以上、用はないよ」

小雪は無言でワンピースのボタンを外し始めた。

「小雪ちゃん、なにやってるの!?」

「いいんです」

慌(あわ)てて止めようとする真沙子に、小雪は硬い表情で言った。

井出は、服を脱ぐ小雪を無表情にみつめていた。

ブラジャー姿になった小雪は、スカートに手をかけた。

「そんなことしなくてもいいんだって。やめなさい、小雪ちゃん」

真沙子の言うことに答えず、小雪はスカートを脱いだ。

家の中以外で下着姿になったのは、初めてのことだった。

真沙子が自分のことを心配してくれているのはわかるが、ここでやめるわけにはいかない。

足が、ガクガクと震えた。

このままいけば、下着も取ることになる。

他人の前で全裸になるなど、小雪の性格からすればありえなかった。

心臓が、口から飛び出してしまいそうなほど緊張していた。

いや、緊張というより、もはや恐怖だった。

ブラジャーのフックを外そうと、腕を後ろに回した。

指先が震えて、フックがうまく外せなかった。

指先だけでなく、膝も震えが止まらなかった。

真沙子はもう止めることなく、小雪の行動を息を呑んでみつめているだけだった。

気を抜けば、泣き出してしまいそうだった。

ここで涙をみせてしまえば、すべてが終わる。

意志の弱い女だと……ミーハーな女だと思われたくなかった。

――君は、デビューしてすぐにヒロインに抜擢されるようなシンデレラストーリーに憧れて芸能界を目指していたのか？

井出が自分に向けてきた失望のいろが浮かぶ瞳が、脳裏に蘇った。

たしかに、そうなのかもしれない。

女優という仕事は華（はな）やかで輝いて……いままでの小雪は、そんなふうにしか考えていなかった。

華やかな舞台に立つまでに……輝く存在になるまでに、その女優にどれだけの苦労があったかに意識を向けはしなかった。

売れる女優になるには、ビジュアルと演技力を磨けばいいと思っていた。

違った。

女優として大成するのは、そんなに単純なことではなかった。

胸を寄せ、お尻を突き出し、舌をペロリと出すタレント達を軽蔑していた。

自分は、絶対に彼女達のような安っぽいタレントにはならない。

手が届かないほどの「高いタレント」になると誓っていた。

芸能界というものを、まったく理解していなかった。

華やかな舞台に立ち輝く存在になるには、ときとして薄暗く寒々とした通路を通りどぶ川を渡ることも必要なのだ。

「どうした？　その一枚は取れないのか？」

井出が、冷え冷えとした声で訊ねてきた。

試されているのは、わかっていた。

乗り越えなければならない壁――打ち破らなければならない壁。

小雪は涙で赤く充血した眼を見開き、フックを外した。

震える膝を、奥歯を噛み締めて止めた。

私は女優。淑女にでも娼婦にでも、なんだってなれる。

私は女優。聖女にでも悪女にでも、なんだってなれる。


「ストップ！」

意を決してブラジャーを取り去ろうとした小雪を、井出が大声で制した。

「え……」

小雪には、井出がなぜ止めたのかすぐには理解できなかった。

「合格だよ。おめでとう」

それまでの厳しい表情と打って変わって、井出が柔和な笑顔で微笑んだ。

「本当ですか!?」

思わず、小雪は大声を張り上げた。

「ああ、本当だよ。君の決意を確かめるために、わざと突き放したんだ。女優になりたい気持ちが本気なら、この程度で諦めるはずがないからね」

「あ……ありがとうございます！」

小雪は、ブラジャーが落ちないように片腕で押さえながら、頭を下げた。

「それより、早く服を着なよ」

井出が、苦笑い(にがわら)の表情で言うと真沙子が脱ぎ捨てられていたブラウスを手渡してきた。

感激の面持ち(おももち)で、小雪は衣服を身に着けた。

厳しく突き放されたぶん、喜びもひとしおだった。

「でも、これからが大変だからね。いろいろと説明するから、とりあえず座って」

着衣を終えた小雪を、井出は対面のソファに促した。

「小雪ちゃんって、東京じゃなかったよね？　実家は、どこだっけ？」

「群馬です」

「群馬か……。芸能活動を本格的にやってゆくなら、東京を拠点にしないとね。小雪ちゃんは、上京できるの？」

「はい。オーディションに合格したら、そのつもりでしたから。でも、住む場所とかどうやって探せばいいかわからないんですけど……」

「ウチで寮としてマンション借りてあるから、それは大丈夫だよ。僕が訊きたかったのは、ひとり暮らししてホームシックにならないかってことさ。過去に、慣れない環境での生活で鬱(うつ)みたいになっちゃって芸能界を引退したコもいるし。そのへんのメンタル的な部分が心配なんだよね」

井出が、言葉通りに不安げな視線を向けてきた。

「大丈夫です。私の人生のすべてが、女優として成功することですから。そのためなら、なにを犠牲にしても構いませんし、『夢』を実現するために東京に出てこられるわけですから、ホームシックになるわけありません！」

小雪は、躊躇なく言った。

嘘ではなかった。

女優になるためなら、親の死に目に会えなくても構わなかった。

「そっか、安心したよ。早速だけど、来週、ちょっとした撮影があるんだ。それまでに、こっちに住めるようにしといて」

「来週に撮影があるんですか⁉　私、まだ、こちらで演技のレッスンを受けてないんですけど、大丈夫でしょうか？」

オーディションに合格してすぐに撮影の仕事が入るなど、夢のような話だった。

しかし、小雪の胸奥では、あまりにも唐突過ぎる展開に、喜びの実感よりも不安が勝っていた。

「小雪ちゃんは、児童劇団で演技をやってたんだよね？　それに、役者って仕事は、千回の演技レッスンより、一回の現場を体験するほうが遥かに成長するもんなんだ。なにより、これはチャンスだ。たまたまその作品に出演する女優さんが病気でドタキャンになっちゃって、慌てて代役を探していたところなんだ。チャンスは、心の準備が整ったときにばかり現われてくれないんだよ」

井出が、熱っぽい口調で言った。

たしかに、井出の言う通りだった。

女優になるために命懸けで……と言いながら、こんなチャンスを前に消極的な気持ちになるなど自分自身を抹殺したかった。

この機会を逃せば、次は何年後にチャンスが訪れるのか、いや、もう二度と訪れないかもしれないのだ。

「そうですね。エキストラでも全力でやらせてもらいますので、よろしくお願いします！」

小雪は、弾かれたように頭を下げた。

「なにを言ってるんだい？」

井出の、怪訝そうな声に小雪は恐る恐る顔を上げた。

「あ、ごめんなさい……私、てっきり役を頂けると思って……」

「もちろん。ただし、君にあげるのはエキストラじゃなく主役だ」

「え……」

井出の言葉に、瞬間、小雪の思考が停止した。

4

「来週に上京ですって⁉　だって、あなた、『ワールドプロ』だめだったんじゃないの⁉」

実家に戻ってきた小雪を玄関先で出迎えた母……昌枝（まさえ）が、驚いた表情で言った。

昌枝には、「ワールドプロ」のオーディションの途中で飛び出したことは伝えていたが、「リップグロス」にスカウトされたことは話していなかった。

「凄い報告があるの」

小雪は、ウキウキした顔で言いながら廊下に上がった。

「凄い報告って？」

昌枝が、訊ねながら小雪のあとを追った。

「お姉ちゃんは？」

「居間にいるはずよ」

「お姉ちゃん、ただいま！」

小雪が居間に駆け込むと、テレビを観ていた姉……幸美が笑顔で振り返った。

「あら、お帰り！　今回は残念だったけど、まだチャンスは……」

「静粛（せいしゅく）に！」

おどけた口調で言うと、小雪はソファの上に立ち上がり昌枝と幸美を見下ろした。

「発表しまーす！　私、花崎小雪は、映画の主演が決定しました！」

「えっ……ほんと⁉」

幸美が、頓狂な声を上げた。

「映画の主演って……あなた、『ワールドプロ』のオーディション、受かったの⁉」

昌枝の声も裏返っていた。

「ううん。渋谷の街を歩いていたら、『リップグロス』っていう事務所にスカウトされたの！」

小雪は、満面(まんめん)に笑みを湛(たた)え声を弾ませた。

「そのリップなんとかっていう事務所、大きいの？」

昌枝が、心配そうに訊ねてきた。

「大きくはないけど、スタッフさんが凄くいい人で……私、物凄くオーラがあるんですって！」

「そこ、大丈夫なの？　危ない事務所じゃないでしょうね？」

「危なくなんかないわ。情熱がある事務所よ」

「でも……母さん、心配だわ。東京は怖(こわ)いところだし、『ワールドプロ』は有名だから安心だったけど、そんな無名な芸能事務所はねぇ……」

昌枝が、奥歯に物が挟まったような言いかたで言葉を濁した。

「大丈夫だって。たしかに『ワールドプロ』は有名な大手だけど、だからって、安心だとはかぎらないじゃない？　オーディションのときも、選考員の人の感じが凄く悪かったし」

選考員達の残酷な言葉の数々が蘇り、小雪の心にできた傷口をふたたび抉った。

「大手に勤めている人っていうのは、そんなものなのよ。詐欺師みたいな人がやたら愛想よかったり甘いことを言ったりする……」

「詐欺師なんかじゃないわっ。母さんは、どうしてそんなに意地悪を言うの⁉」

小雪はソファから飛び下り、昌枝に詰め寄った。

「意地悪じゃないわ。あなたのことを、心配してるから言ってるんじゃない」

「母さん、スカウトしてくれた事務所を頭ごなしに疑ったら、小雪が怒るのも無理はないわ。まずは、小雪の話をじっくり聞こうよ」

幸美が、昌枝を窘めた。

昔から、幸美は小雪の理解者だった。

田舎の児童劇団に所属していても年齢を重ねるとチャンスが減ってゆくからと、東京に行ってオーディションを受けることを勧めてくれたのも幸美だった。

「ふたりとも、とりあえず座って」

幸美が、小雪と昌枝をソファに促した。

「お茶を淹れてくるから、待ってて。小雪も、まずはひと息吐きなさい」

幸美が笑顔を残して、キッチンへと消えた。

花崎家に幸美がいてくれて、本当によかった。

小雪が小学生の頃から、父親が単身赴任での出向が多くなって以来、女手ひとつで家を切り盛りしてきた昌枝をサポートしたのが幸美だ。

パートのかけもちで家を空けることの多かった昌枝に代わって、幸美はいやな顔ひとつせずに炊事や洗濯を引き受けた。

小雪よりふたつ年上の幸美はそのとき中学生で、遊びたい盛りだったはずだ。

同年代の友人が恋にファッションに青春を謳歌しているときも、幸美は家事に追われていた。

たったふたつしか違わない妹にたいして、幸美は母親代わりとなり世話をしてくれた。

――ドラマやCM……テレビをつければ小雪をみない日はないってくらいになってね。

ああ、早く、そんな日がこないかな。

ことあるごとに、幸美は口癖のように小雪に言った。

幸美は、自分がやりたいことをやれなかったぶん、小雪に夢を託した。

妹の喜びは姉の喜び……小雪の夢を実現すること即ち、それは自分の夢を叶えることだった。

小雪もまた、姉の苦労がわかっているからこそ、「ふたりの夢」を叶えたかった。

「お待たせ」

紅茶を載せたトレイを手にした幸美が、居間に戻ってきた。

「三つだったよね？」

「うん」

ポーションタイプのミルクピッチャーを翳し訊ねてくる幸美に、小雪は笑顔で頷いた。

昔から、幸美の作ってくれるミルクたっぷりの紅茶を飲むとリラックスできた。

小雪が口を開くのを待っている昌枝を気にせず、ティーカップを口もとに運んだ。

気を落ち着かせてからではないと、感情的になり口論になってしまう恐れがあった。

芸能プロダクション所属、映画出演決定……本来なら、祝いのパーティーを開くほどのめでたい話のはずだった。

所属の決まったプロダクションが無名というだけの理由で、怪しい会社ではないかと疑われるのは心外だった。

一方で、娘を東京にひとりで行かせる親の立場としては、心配する気持ちもわかった。

『ワールドプロ』のオーディション会場に向かうときに、井出さんっていう男の人に声をかけられたの」

小雪は、井出との出会い、「ワールドプロ」のオーディションで受けた屈辱、「リップグロス」での面接、井出から評価されたこと、褒められたこと、厳しく叱られたことを順を追って説明した。

「捨てる神あれば拾う神ありってやつね」

小雪の話が終わると、幸美が冗談っぽい口調で言った。

「本当に、神様だったらいいけど、悪魔だったらどうするの？」

「井出さんは、悪魔なんかじゃないわ！」

感情的にならないように気をつけていたが、井出を冒瀆するような言葉は、たとえ母親であっても許せなかった。

幼少の頃こそ、「あすなろアカデミー」でそこそこ仕事をこなしていた小雪だったが、中学生になったあたりからオファーの数が激減した。

幸美に言わせれば、それは小雪のせいではなく、「あすなろアカデミー」が児童劇団なので、子役以外の仕事を取るのが不得手だからということを理由として挙げた。

姉の優しさに、幾度となく救われた。

しかし、それが「慰め」だということにも薄々と気づいていた。

妹思いの幸美はきっと、小雪が傷つかないように庇(かば)ってくれていたに違いない。

――そうだね。力のある事務所だったら、いま頃、ＣＭ女王になってるかもね！

小雪は、笑顔でそう返していたが、内心は弱気と嫉妬(しっと)に支配されていた。

求められていたのは演技ができる子供だからであり、別に花崎小雪でなくてもよかったのではないか？

大人になるにつれ仕事のオファーがこなくなったのが、自分に役者としての魅力がないという証拠ではないか？

同年代の売れっ子女優が主役で出演している連ドラが始まると、耐え切れずにチャンネルを替えた。

同年代の売れっ子女優がインタビューを受けている雑誌のページを破いたこともあった。

同年代の売れっ子女優のファンだという知り合いがいると、無意識に避けるようになった。

くる日もくる日も、オーディションに落ち続ける日々――陽の当たる場所に「美しく咲く」彼女達にたいして、妬(ねた)み、嫉(そね)み、僻(ひが)みの底なし沼にどっぷりと浸(つ)かってゆく自分が、一分、一秒経つごとに醜くなってゆくのが実感できた。

それでも「夢」を諦めることができず、週に五日、一日三時間の演技レッスンを続けた。

演技の講師に罵倒され、嘲笑されてもワークショップを休んだことは一日もなかった。

日本はもちろん、韓国、アメリカ、フランス……世界各国の映画を観て演技を研究した。

売れるためなら、どんな障害でも乗り越えるつもりだった。

売れるためなら、友情も恋愛もいらなかった。

売れるためなら、一生、結婚できなくても構わなかった。

命さえあれば、ほかのすべてを捨ててもよかった。

女優にたいしての熱い思いは、誰にも負けない自信があった。

それなのに、演技レッスンなどやったこともないようなアイドル女優が苦労もせずに主役を張っている現実をみると、やり切れなかった。

素人レベルの演技しかできないアイドル女優には、殺意さえ覚えた。

負のスパイラルに我を見失いそうになった。

日に日に膨張する不安と恐怖に、押し潰されてしまいそうだった。

そんな小雪に、井出は希望を与えてくれた。

初めて、ひとりの「女優」として認め、評価してくれた人だった。

「母さん。小雪が信頼している人を、そんなふうに言っちゃだめよっ。それに、会ったこともないんだからさ」

幸美が、小雪に代わって昌枝を咎めた。

「会ったことないから、心配なのよ。その井出って人が、ヤクザだったらどうするの？」

昌枝の言葉が、小雪の胸を貫いた。

「なにが……なにが気に入らないの⁉　私が女優になるのは、母さんの『夢』でもあったんじゃないの⁉　『夢』が叶ったのに、どうしてそんなにひどいことばかり言うのよ！」

小雪は、涙声で思いの丈をぶつけた。

「私にとっても『夢』だからこそよ！」

昌枝も、涙声で返してきた。

「言ってる意味が、わかんないよ！」

「母さんはね、『ワールドプロ』に……大手に入ってほしかったのよっ。芸能界は怖いところだっていうじゃない。売れるためには枕営業とかをやらせるところもあるって聞くし……。でも、大手だったらそういう心配もないし、それに、やっぱり仕事がたくさん入ってくると思うのよ。そんな、わけのわからない芸能事務所なんて……」

「もう、やめて！」

　昌枝の声を、小雪の絶叫が遮った。

「私、高校を辞めて、家を出るからっ」

「あなた……なにを言ってるのよ！　そんなこと、許せるわけないでしょう！」

　昌枝が、血相を変えて立ち上がった。

「母さんの許しなんて必要ない！　私の人生なんだから！」

　小雪も立ち上がった。

「あなたはまだ未成年だから、親の許可なしでは勝手なことはできないのよっ」

「私は、母さんの奴隷じゃない！」

「ちょっと、ふたりとも、落ち着いて。喧嘩しても、なにも解決しないでしょ⁉」

　幸美が、ヒートアップするふたりの間に割って入った。

「とにかく、母さんは認めないわっ」

「私は、母さんに従う気はないから！」

　小雪は、一歩も退かなかった。

　ようやく摑みかけた「夢」……たとえ親でも、邪魔をさせはしない。

「だったら、あなたは、花崎家の子じゃないわっ。二度と帰ってくる家がなくてもいいなら、勝手にしなさい！」

昌枝の感情的な金切り声が、小雪の鼓膜を搔き毟った。

「母さん！　いくらなんでも、それは言い過ぎよ。取り消してっ」

幸美が、強い口調で昌枝に詰め寄った。

「私の言うことを聞いて、そのなんとかっていう芸能事務所に入ることを考え直すっていうならいいわよ」

昌枝が、頑固な光を湛えた瞳を小雪に向けた。

昔から、一度こうと決めたら考えを改めない融通の利かない母だった。

ほかのことなら折れてきた小雪だったが、今回だけは意志を曲げるわけにはいかない。

「母さん、意地になってる場合じゃ……」

「姉さん、もう、いいの」

小雪は、幸美を制した。

「でも……」

「本当に、いいの。一生、この家に帰ってこられなくても、『夢』を諦める気はないわ」

「あなたも、意地にならないで。自分で、なにを言ってるかわかってる？　勘当されて、住む家とか生活費とかどうするの？　女優になりたいとかなんとか、そんなこと言ってるどころじゃなくなるのよ？」

幸美が、翻意するように諭してきた。

たしかに、そこまで考えていなかった。

芸能界で活躍したい……その一心だけで生きてきた。

これまで、アルバイトをしたこともほとんどなかった。

家を出るとなれば、幸美の言うように生活費をなんとかしなければならない。

ワークショップをはじめとする芸能活動にかかる費用も必要だ。

現実は、小雪が考えているほど甘くはないだろう。

「それがどうしたの？」

小雪は、自分でも驚くほどの冷静な声音で言った。

「どうしたのって……」

幸美が、あんぐりと口を開けて小雪をみつめた。

「芸能界でトップになるために歩かなければならない道に、命を落とす危険があっても、私は進むことをやめないわ。進むのをやめなければならないなら……」

小雪は言葉を切り、眼を閉じた。

深く息を吸い、精神を研ぎ澄ました。

一分、二分……心の声に、耳を傾けた。

「死んだほうがましよ」

眼を見開いた小雪は、強い視線で昌枝を見据えながら低く押し殺した声で言った。

昌枝と幸美が、眼を見開き絶句した。

強がったわけでも、脅したわけでもない。

女優への道を断たれたら……花崎小雪は死人も同然だった。

5

「このマンションのいくつかの部屋が、ウチの寮だよ」

古めかしく大きな煉瓦造りのマンションの前で足を止めた井出が、小雪を振り返り言った。

住居表示プレートは、渋谷区宇田川町となっていた。

周辺のビルには飲食店の派手な看板が目立ち、地面にはチラシ、煙草の吸殻、空き缶が散乱し、街全体がゴミゴミした印象だった。

ほかにも、ビニール傘やハイヒールまで転がっていた。

吸殻や空き缶は捨てたのだろうが、傘やハイヒールがどうして落ちているのか理解に苦しんだ。

小雪の住む街では、毎週日曜の朝に「クリーンデイ」といって、町内会でゴミ拾いをしているのでこんなにゴミが散乱している光景を眼にするのは初めてだった。

「どうしたの？」

きょろきょろと視線を巡らす小雪に、井出が訊ねてきた。

「ゴミ拾いとか、しないんですか？」

「え？」

「ゴミだらけじゃないですか？」

「あ、ああ、なるほど。田舎に住んでたから、びっくりしたんだね。俺らはこの光景を見慣れてるから、気にならなくなってるんだよ」

「どうして、誰も拾わないんですか？」

「どうしてって……自分が捨てたゴミじゃないからじゃない？」

当然、というような顔を井出が向けた。

「誰が捨てたゴミでも、街が汚れると気持ちよくないじゃないですか？　みんなで、ゴミ拾いすればいいのに」

「小雪ちゃんは、すれてないんだね。まあ、ゴミ拾い議論はとりあえずおいといて、中に入ろう。ほら、貸しな」

井出が、小雪のキャリーバッグを手にしてマンションのエントランスに足を踏み入れた。

「ありがとうございます」

小雪は礼を言いながら、井出の背中を追った。

さりげない井出の優しさに、心が弾んだ。

エレベータが開き、若い女性が出てきた。

お尻がはみ出そうなショートパンツに、ピアスを嵌めた臍が出たショート丈の原色のタンクトップという派手な出で立ちだった。

「あら、井出君、どうしたの？」

女性は、井出の知り合いのようだった。

「あ、カナちゃん、お疲れ。新人を、寮に案内してきたんだ」

「へぇ～そうなんだ。私、結城カナっていうの。よろしくね」

カナが、興味津々の表情を小雪に向け、右手を差し出してきた。

「は、はじめまして……花崎小雪といいます！」

小雪も弾かれたように挨拶をし、カナの右手に右手を重ねた。

カナのタンクトップの胸もとには、深い谷間ができていた。

女優や歌手にはみえない。

普通に考えればグラビアアイドルというのが妥当な線だろうが、カナの蓮っ葉な印象が苦手だった。

「小雪ちゃん、いくつ？」

「十八になります」

「十八かぁ、羨ましいな。親には、内緒なの？」

「いいえ、母も姉も知ってます。私の幼い頃からの夢でしたから」

「え!? この仕事が幼い頃からの夢!?」

素頓狂な声を上げたカナが、眼をまん丸にして小雪をみた。

幼い頃からの夢が女優というのは、そんなにおかしなことなのだろうか？

「カナちゃん、これから現場だろ？ 俺らも急いでるから、じゃあね」

井出が一方的に言うと、小雪の肩に手を回しカナから引き離すように足を踏み出した。

「私、変なこと言いましたか？」

エレベータの扉が閉まりカナの姿がみえなくなると、小雪は不安を口にした。

「いいや、カナちゃんは、変わったコなんだよ」

「カナさんって、グラビアアイドルですか？」

「いいや、女優だよ」

「女優なんですか!?」

予想外の井出の返答に、小雪は大声を張り上げた。

「さ、着いたよ」

七階で停(と)まったエレベータの扉が開いた。

「いま、役作りしてるから、あんな感じなんだ。彼女、いま、娼婦の役に入ってるのさ。娼婦にみえるように、私生活でもなりきってるんじゃない？」

「そうだったんですね……」

カナが蓮っ葉にみえたのは役作りのためなのに、自分はもともとの彼女があぁだと思い嫌悪感さえ抱(いだ)いていた。

凄いプロ根性だ。

それに引き換え自分は、まだまだ甘い。

——母さんはね、『ワールドプロ』に……大手に入ってほしかったのよっ。芸能界は怖いところだっていうじゃない。売れるためには枕営業とかをやらせるところもあるって聞くし……。でも、大手だったらそういう心配もないし、それに、やっぱり仕事がたくさん入ってくると思うのよ。そんな、わけのわからない芸能事務所なんて……。

母、昌枝の悲痛な声が鼓膜に蘇った。

——だったら、あなたは、花崎家の子じゃないわっ。二度と帰ってくる家がなくてもいいなら、勝手にしなさい！

昌枝から勘当の言葉を浴びせかけられたのは、正直、ショックだった。

だが、ショック以上に、悔しかった。

大手芸能事務所に入れなかったというだけであそこまで言われるということは、つまり、自分にそれだけの信頼がないということだ。

母を見返してやりたかった――そして、安心させてやりたかった。

「さあ、どうぞ」

井出が七〇三号のドアを開け、小雪を招きいれた。

生温く黴臭い空気が、小雪の身体に纏わりついた。

窓の向こう側にはビルの壁があり、古いフローリング張りの部屋は陽当たりが悪く暗くジメジメしていた。

猫の額ほどのキッチンには、ゴキブリの死骸が転がっていた。

「しばらく、誰も使ってなかったから汚れてるけど、掃除すればきれいになるから」

井出は、小雪の心を見透かしたように言った。

「洗濯機、冷蔵庫、テレビは備えつけのを自由に使っていいよ。コンビニは、歩いて二、三分のところにあるし、ファミレスやレンタルＤＶＤショップもあるから住むには便利だよ。なにかわからないことあったら、遠慮なしに電話してきていいから」

「ありがとうございます」

「あ、そうそう、大事なことを忘れるところだった。明日、撮影入ったから、八時に真沙子さんが迎えに来るんで寝坊しないように頼むよ」

「え⁉　なんの撮影ですか⁉」

「この前話した、映画だよ」

「映画って、こんなに早く撮影に入るんですか⁉」

小雪は、驚きを隠せずに訊ねた。

「今回は特別さ。ヒロイン役の女優が急遽(きゅうきょ)降板して、スケジュールが押せ押せだからね」

「台本とかは、ないんですか？」

「監督がリアリティを追求する人で、作り込んできた演技を嫌うから、明日、現場で直接演技指導するはずだよ」

「そうなんですね。でも、私、セリフをその場で覚えられるか心配なので、できたら台本に眼を通しておきたいです」

小雪は、率直(そっちょく)に不安を口にした。

どちらかと言えば記憶力はいいほうで、児童劇団のワークショップでもレッスン用の台本のセリフを覚えるのは一番早かった。

だが、ワークショップと映画の現場は違う。

スポーツでたとえれば、練習試合とオリンピックくらいの違いはある。

しかも今回はヒロインなので、セリフの数もかなりの量のはずだ。

「大丈夫だって。シーンもカット割りで細かく刻んであるから、心配しなくても、その場で覚えられるから」

井出は、あくまでも台本を渡す気はなさそうだった。

自分のことを過大評価しているのか、それとも楽観的なのか……。

「わかりました。あの、私の役って、どんな役なんですか？　タイトルもストーリーも知らないんですけど……」

考えてみたら、映画についてなにも聞かされていなかった。

「とにかく、明日、撮影前に監督が演技をつけてくれるから」

井出の大雑把な対応が、小雪の不安に拍車をかけた。

「じゃあ、俺、現場があるから行くよ」

「あ、もうひとつだけいいですか？」

「小雪ちゃんは質問フェチ？」

井出の軽口に、いまの小雪は笑える精神的余裕がなかった。

唐突に言われた明日の撮影ばかりが、不安の理由ではなかった。

——あなたの気持ちはわかるけど、とりあえず、もう一度母さんと話し合おうよ。

「リップグロス」に所属することに反対する昌枝と喧嘩し実家を飛び出した小雪を追ってきた幸美が、諭すように言った。

——お姉ちゃんも聞いてたでしょ⁉ あっちが謝ってこなきゃ、絶対に無理！

小雪は振り返り、吐き捨てるように言った。

——だけど、現実問題、母さんの援助がなかったらやってゆけないじゃない？

幸美は、小雪の気を静めるようにあくまでも優しい諭し口調だった。

——母さんの援助なんてなくても大丈夫よっ。いままでアルバイトとかお年玉で貯めた貯金が十万くらいあるから。

十万という金額が実家の援助もなしに生活してゆくのに十分かどうか、そのときの小雪に考える余裕はなかった。

——十万で、どうやって生活していくつもり？　家賃、食費、光熱費、交通費……生活するには、お金がかかるのよ？　それに東京は物価が高いし。

幸美の言葉は尤もだからこそ、小雪の耳に痛かった。

——有名になって稼ぐから平気だって。

小雪に、芸能界のギャラのシステムの知識があるわけではなかった。

母の言葉を受け入れ上京するのを諦めるくらいなら、昼夜アルバイトを掛けもってでもひとりでやってゆくつもりだった。

——所属していきなり、稼げるわけないでしょ？　最初のうちは、みんな、実家の仕送りやアルバイトをしながら芸能活動してるんだから。それと、高校の問題もあるのよ？　あなたは昔から、そういうところが甘過ぎるの。無鉄砲に行動してあとで後悔することが多かったでしょ？　社会に出てひとり暮らしするっていうのは、小雪が考えているほど甘くはないんだからね。

わかってる、わかってる、わかってる……。

小雪は、耳を塞ぎ走り去りたい衝動に必死に抗った。

――今回のことも、母さんにはああいうふうに言ったけど、あなただって悪いわよ。「ワールドプロ」のオーディションを受けるってことで、東京までの交通費も出してくれたんでしょう？　なのに、帰ってくるなり別の芸能プロに入ることにしたなんて言われたら、びっくりするわよ。もともと、母さんも女優を目指していて、それで、あなたに夢をかけたわけでしょう？　だからこそ、積極的に芸能活動を支援してくれたんだし。わかる？　母さんが、小雪の芸能活動の邪魔をするはずがないんだからね。自分ひとりの力でここまできたんじゃないんだし、もうちょっと周りの人のことも考えられるようにならなきゃ……。

――お節介はやめて！

マシンガンのように小雪の至らない点を並べ立ててくる幸美にたいして、小雪の感情が爆発した。

的を射ているからこそ……胸が痛む言葉だからこそ、小雪は理性を失った。

——母さんのこと考えているようなこと言ってるけど、結局、姉さんは、私のことが羨ましいから意地悪してるのよ！

——それ……どういうこと？

幸美の顔が、瞬時に強張った。

——わかってるでしょ⁉　母さんは女優の夢を姉さんじゃなくて私に託した。幼い頃から子役をしていてお姫様みたいにちやほやされてた私に、姉さんが嫉妬してたのを知ってるんだからっ。応援するふりをしてるけど、「ワールドプロ」に入れなかったのも、心では喜んでるんじゃないの⁉　自分が一般人だからって、有名人になろうとしている妹を妬むのはやめて！

いつ、どんなときでも自分の味方になってくれた姉にたいして、心にもないことを言おうとしている自分を制止しようとしたが、意思とは裏腹に残酷な言葉達が口を衝いて出た。

言った端から、津波のような勢いで後悔が押し寄せた。

姉が、妬むどころか心の底から妹を思い支援してくれていることを、誰よりも小雪はわかっていた。

だが、もう、遅かった。

口から出てしまった惨い言葉達は、幸美の心をズタズタに切り裂いたに違いない。

——そういうふうに思われていたのは、姉さん、哀しいわ。もう私のほうからは連絡しないけど、なにか困ったことがあったら、電話をちょうだいね。

力なく言うと、幸美は小雪に背中を向けた。

「で、質問ってなに？」

井出の声が、記憶の中の幸美の寂しげな背中を掻き消した。

「……私、今回の上京を反対されていて、家を飛び出してきたんです。だから、仕送りもしてもらえなくて、家賃とか払えないんですけど……アルバイトとかしてもいいですか？」

意を決して、小雪は言った。

遅かれ早かれ、言わなければならないことだ。

「家出ってことか？」

「まずいですよね？」

「家出自体はまずくないけど、アルバイトはまずいな。小雪ちゃんは芸能人なんだから、なにかトラブルに巻き込まれたら困るし。なによりさ、顔が売れちゃったら、騒ぎになってアルバイトなんてできなくなるよ」

顔が売れたら騒ぎになる……。

井出の言い回しが、小雪には心地よかった。

小雪の幼い頃からの夢のひとつが、変装なしでは街を歩けないくらいの有名人になることだった。

「わかった。じゃあ、俺からウチの社長に頼んで、当面、生活していけるだけのお金を借りてあげるよ」

「でも、私、すぐにはお金返せないんですけど……」

「それは大丈夫だよ。ウチで出演してもらう作品のギャラから分割して返済してもらうからさ」

「本当に、いいんですか？」

「ああ、いいに決まってるよ。小雪ちゃんは、ウチの期待の新星だからな」

「ありがとうございます！　私、頑張りますから！」

「ああ、頼むよ。スカウトした俺が鼻高々になれるくらいに活躍してくれよ。じゃあね、俺のお姫様」

井出が、優しい笑顔を近づけ小雪の頭を撫でると片目を瞑り部屋をあとにした。

不意に、鼓動が激しく高鳴った。

耳朶から頬にかけて、長風呂してのぼせたように熱く火照った。

——じゃあね、俺のお姫様。

蘇る井出の声が、小雪の全身を甘く緊縛した。

小雪は立ち尽くしたまま、潤む瞳でドアをみつめた。

6

渋谷の寮から車に乗って、約十分が経っていた。

移動するバンの窓からみえる景色が、モノクロにみえた。

車内に流れている曲も、まったく耳に入らなかった。

昨夜は、緊張と不安で一睡もできなかった。

いきなりの主役。

嬉し過ぎて、夢ではないか？　といまでも思ってしまう。

目が覚めたら実家のベッドの上で、主役の話もなければ、井出も存在しない。

そうだとしたら、小雪は立ち上がれないほどのダメージを受けるに違いない。

だが、これは夢ではなく現実だ。

安堵したのも束の間——いままで感じたことのないプレッシャーが、小雪に襲いかかってきた。

小雪は劇団に所属していた子役時代にドラマには十度以上出演していたが、最高でもセリフは三つか四つで今回の話とは比較にならなかった。

なにより、子役と大人になってからのドラマ出演では女優としての重みが違う。

ただ、自分にそんな大役が務まるだろうか？　という不安がつき纏う。

しかも、台本もないのだ。

「緊張してる？」

隣の席に座っている真沙子が、訊ねてきた。

「……はい」

「大丈夫よ。監督もスタッフの人達も優しいし、小雪ちゃんが新人だってわかってるから」

　真沙子が優しくかけてくれる言葉が、小雪には引っかかった。

　自分の緊張を解そうとしてくれているのはわかっていた。

　しかし、カメラの前に立つ以上、新人だからしようがない、という目線ではみてほしくなかった。

　試合に臨むボクサーがキャリアの浅い新人だから情けない試合をしてもいいと観客は思わないし、対戦相手も手加減などしてくれない。

　リングに立つ以上、たとえ命を失っても文句は言えないのだ。

「新人だからとか、そういうのいやなんです。せっかく頂いたチャンスだから、小雪をキャスティングしてよかったって言われるような演技をしたいんです」

　小雪は、心のままを口にした。

　幼少の頃から「あすなろアカデミー」で女優としての心得を叩き込まれて育ったおかげで、同年代の「アイドル女優」に比べればプロ意識は高かった。

　最近のドラマや映画に出ている若手女優の演技は、かつぜつも発声もなっていなかった。

　ワークショップで歌舞伎の「外郎売」（よく滑舌の練習に使われる演目）などをやったこともないのだろう。

いや、それどころか、ワークショップ自体に参加したことがない可能性がある。

大手事務所に所属している女優はテレビ局が優先的にキャスティングしてくれるので、演技を磨くという発想に乏しいのだ。

素人に毛が生えたような女優が溢れた結果、近年のドラマの質は著しく低下している。

小雪は、「本物」になりたかった。

イジメっ子役を演じればブログのコメント欄に罵詈雑言が飛び交い、病弱な役を演じれば事務所に大量の薬が届くような……つまり、視聴者が演じている役と実際の小雪を混同するほどになってくれれば、女優冥利に尽きる。

「小雪ちゃん……」

小雪をみつめる真沙子の表情が、気のせいか哀しげにみえた。

「私、なにかまずいこと言いましたか？」

不安になった小雪は訊ねた。

「ううん、そうじゃないの。小雪ちゃんの心構えは立派だと思うけど、もっと気楽でいいと思うよ。じゃないと、逆に緊張していい演技できなくなるんじゃないかな」

「はい……」

頷きはしたものの、小雪の気持ちはどこか釈然としなかった。

真沙子が一瞬みせた、哀しげな表情が心に引っかかっていた。

「これから撮影する映画って、どんな内容なんですか?」

考えてみれば、小雪は内容についてもなにひとつ聞かされていなかった。

「事前に役作りをし過ぎるのが嫌いな監督さんだから、あなたに余計な情報を入れないようにって言われてるの」

真沙子は、申し訳なさそうに言った。

「でも……自分が演じる物語の内容くらいは知っておきたいです」

小雪は、勇気を出して思いを口にした。

「教えてあげたいけど、監督に怒られちゃうからさ。ごめんね」

真沙子に詫びられてしまえば、どうしようもなかった。

もともと、監督の命令であり、彼女の責任ではないのだ。

「もうそろそろ、到着です」

運転手の若い男性が、振り返り声をかけてきた。

バンは、雑居ビルが密集する通りでスピードを落とした。

電柱に表示されている住所は、歌舞伎町となっていた。

「歌舞伎町って、怖いところですよね?　拳銃を持っているヤクザとかが一杯いるって、母さんが言ってました」

小雪の言葉を聞いて、真沙子が噴き出した。

「なにか？」

小雪は、怪訝な顔を真沙子に向けた。

「ごめんごめん。なんかさ、アメリカの田舎の人が、日本人は全員、ちょんまげつけて刀持って歩いているって信じているのと似ていると思って」

真沙子が、笑いながら言った。

「違うんですか？」

「歌舞伎町は怖い人はいるけど、でも、それはどこだって同じよ。六本木も不良外国人が一杯いるし、池袋もギャングみたいな人で溢れてるしね。ある意味、新宿より地方のほうが怖いんじゃない？ 大阪や福岡も、発砲事件とかあるでしょう？」

たしかに、言われてみればそうかもしれないが、それでも、歌舞伎町という街は毎日のように殺人事件が起きているようなイメージがあった。

「さあ、着いたわよ」

真沙子が、バンのスライドドアを開けた。

小雪も続いて降りた。

早朝の歌舞伎町の路上は、数人のホストと客らしき若いキャバ嬢が奇声を上げていた。

かなり泥酔しているようで、道路の真ん中をジグザグに歩いているホストや酔い潰れ路肩に蹲り吐いているホストもいた。

驚くべきことに、路上に屈み込み放尿している女性もいた。

「上京して三ヶ月もすれば、慣れるわよ」

振り返りあっけらかんと言うと、真沙子は雑居ビルのエントランスに駆け込んだ。

「ここで、撮影するんですか?」

真沙子のあとに続きながら、小雪は訊ねた。

「そう。五階にスタジオがあるのよ」

真沙子はエレベータに乗り込み、5のボタンを押した。

いよいよだ。

エレベータのドアが閉まったのが合図とでもいうように、小雪の鼓動が高鳴った。

唾液が干上がり、喉がからからになった。

——存在しない不安と恐怖に心を乱されずに、自分の力を信じ絶対に願いを叶えると思い続けることが、「夢」を叶える法則よ。

上京する前に、子役時代からお世話になった「あすなろアカデミー」の園長先生のもとに挨拶に行ったときに、彼女にアドバイスを受けた。

――不安と恐怖が存在しないって……どういう意味ですか?

小雪には、園長の言葉が理解できなかった。

――ほら、小さい子供に、早く寝ないとお化けがくるよ、とか言うと、怖くなって泣き出しちゃったりするでしょう? 心臓はバクバクと音を立て、足はガクガクと震えて……怖くて萎縮(いしゅく)した状態は、子供にとっては本当にお化けが現われたときと同じ恐怖心に囚(とら)われているのよ。芸能界で成功するということは、数千人で椅子取りゲームをして勝ち抜くのと同じくらい大変なことなの。どんなことがあっても揺るがない強い精神力で、あらゆる困難に打ち克(か)ってゆくの。

私の心は、絶対に折れません。

小雪は、回想の中の園長に断言した。

「お疲れ様でーす。小雪ちゃんを、連れてきました」

真沙子が、インタホンのスピーカーに言った。

『開いてるから入って！』

スピーカーから流れてきたのは、井出の声だった。

真沙子が振り返り小雪に頷くと、ドアを開けた。

玄関に入ると短い廊下の突き当たりにドアがあった。

ドアには、「スタッフルーム」とプレートがかかっていた。

「失礼しまーす」

真沙子が声をかけながら、「スタッフルーム」のドアを開けた。

「おはよう。眠れた？」

ソファに座っていた井出が、笑顔で小雪に問いかけた。

「おはようございます。緊張で、ほとんど眠れませんでした」

「そっか。まあ、初めての撮影だから仕方ないか。とりあえず、座って」

井出が、正面の席を促した。

「今日は、よろしくお願いします。スタッフさんは、どちらに？」

小雪は腰を下ろしつつ訊ねた。

真沙子も、小雪の隣に座った。

「奥がスタジオになってて、そこでセッティングしてるよ。撮影の前に、契約書交わしておこうか」

井出が、Ａ４サイズの冊子を宙に翳した。

「全部読んでいると時間がかかるから、僕が説明するね。ようするに、小雪ちゃんは『リップグロス』の所属タレントだから、三年間はほかの事務所のオーディションを受けたりしてはならないこと。許可なしに髪型を変えたり肌を焼いたり旅行してはならないこと。基本的に恋愛は禁止していること。問題を起こし事務所に損害を与えた場合、損害賠償金を支払わなければならないこと。ギャラは事務所が六十パーセント、タレントが四十パーセントで分配されること。ほかに細かいことはあるけど、重要なのはこんなところかな。なにか、質問ある？」

「いいえ、大丈夫です」

女優になるという「夢」が叶ったのだから、条件面などどうでもよかった。

「じゃあ、ここに署名と捺印……印鑑なければ、拇印でいいから」

井出が指差す欄に、小雪は名前と住所を書き拇印を押した。

「それから、もう一枚。これは、金銭借用書だ。家賃、食費……生活費に、会社から君に三百万を貸しつけるから、その契約書だ」

井出が、一枚の紙を小雪の顔前に翳した。

「三百万もですか⁉」

小雪は、思わず大声を上げた。

「うん。家賃、食費、光熱費、衣服代、交通費……月に二十五万はかかるとして、一年分の計算だよ。田舎と違って東京で生活するのは金がかかるのさ」

「そうなんですね。貸してもらえるのは助かるんですけど……」

　小雪は、言葉の続きを呑み込んだ。

「返済のことを心配しているのなら、大丈夫だよ」

　小雪の心を見透かしたように、井出が言った。

「これから、小雪ちゃんにはウチの事務所で活躍してもらうんで、ギャラで返してもらうさ」

「ありがとうございます」

　安堵感が広がった。

　実家とは勘当同然になっているので、生活費の心配をしなくていいのは助かった。

　小雪が金銭借用書に署名していると、いきなりドアが開いた。

「井出ちゃん、女優さんまだ……あ、君？」

　坊主頭（ぼうず）でちょび髭の男性が、言葉を切り小雪で視線を止めた。

　ちょび髭の男性は、小太りの身体を派手なアロハシャツに包み白のハーフパンツを穿（は）いていた。

「もう終わります。小雪ちゃん、こちらは監督の吉武（よしたけ）さん」

井出が、ちょび髭の男性――吉武を紹介してきた。

「はじめまして。私、『リップグロス』に所属することになりました花崎小雪と申します。このたびは、大きな役を頂きありがとうございます。観ている人に感動を与えられる女優になれるよう頑張りますので、よろしくお願いします」

小雪は立ち上がり自己紹介すると頭を下げた。

「観ている人に感動……ね」

吉武が、笑いを堪(こら)えたような顔で井出をみた。

「監督の吉武です。観てる人のいろんなところに刺激を与えられる演技をしような」

ニヤつきながら、吉武が言った。

吉武の言葉を聞くと、なぜだかわからないが不快な気持ちになった。

生理的に合わないとは、こういうことなのだろうか？

「さあ、小雪ちゃん、スタジオ行こうか」

井出は吉武のほうをみずに、小雪を促し席を立った。

彼も、吉武のことはあまり好きじゃないのかもしれない。

「スタッフルーム」を出て廊下を進むと、「Ａスタジオ」のプレートがかかった金庫のような鉄製の頑丈(がんじょう)なドアが現われた。

「レディースエーンドジェントルメン！　主演女優さんのおでましだぞ！」

吉武が鉄製のドアを開け叫ぶと、作業をしていた数人のスタッフが一斉に視線を向けてきた。

「小雪ちゃん、自己紹介してくれる？」

吉武が小雪の背中に手を当て、スタジオへと誘った。

小雪は、さりげなく吉武の手から逃れた。

「はじめまして。花崎小雪十八歳です。女優としてはまだまだ未熟な私ですが、一生懸命に頑張りますから、よろしくお願いします！」

「スタッフの紹介するからさ。左から音響のヒデ、照明のタケル、カメラのテツだ」

吉武に紹介された順に、三人のスタッフが笑顔で手を差し出してきた。

吉武もそうだが、みな愛想はいいのだが、小雪は違和感に襲われた。

理由はわからないが、居心地が悪かった。

小雪は、スタッフに向けていた視線をスタジオに巡らせた。

ワンルームマンションほどのスクエアな空間には、白いソファとベッドが置いてあるだけだった。

ヒロインの自室、という設定なのだろうか？

それにしては、生活感がなさ過ぎた。

せめて、テレビや冷蔵庫くらいはあったほうがいいし、最低限の小道具は揃えてほしかった。

もしかしたら、引っ越してきたばかりの部屋、という設定なのかもしれない。

「じゃあ、僕は『スタッフルーム』に戻るから。真沙子さん、あとはよろしくお願いします」

井出が、小雪と真沙子に言い残し、スタジオをあとにした。

演技を、井出にみてほしかった。

自分の「夢の扉」を開けてくれた井出は、小雪の中で特別な存在になりつつあった。

――スカウトした俺が鼻高々になれるくらいに活躍してくれよ。じゃあね、俺のお姫様。

井出の笑顔、優しい声、頭を撫でてくれた掌の温かさが記憶に蘇り、小雪の頬が熱を持った。

生でみてもらえないのは残念だが、映像はチェックしてくれるはずだ。

スカウトしてよかったと言われるような演技をしたかった。

自分がへたな演技をしてしまえば、井出の顔が潰れてしまう。

それだけは、絶対に避けたかった。

「あの……台本を頂いてもいいですか？」

小雪は、吉武に遠慮がちに訊ねた。

「俺、台本は持たない主義だからさ」

「え!?　台本、ないんですか!?」

あっけらかんと答える吉武の言葉に耳を疑った小雪は、素頓狂な声を上げた。

「そう。頭に、全部入ってるんだ。撮影始まったら、ワンシーンごとに演出つけるから心配しないでいいよ。そのほうが、リアリティのある芝居になるんだよ」

「はい……」

困惑していたが、受け入れるしかない。

できないとなれば、自分の代わりなどいくらでもいるのだ。

「わかったなら、そろそろ撮影に入ろう。恋人役の男優さんと絡む前に、撮っておきたいシーンがあるから。あっちのソファに移動して」

「恋愛映画ですか？」

ソファに移動しながら、小雪は訊いた。

「恋愛映画って言ったら、まあ、外れちゃいねえわな」

吉武が、また不快な笑みを浮かべつつ言った。

「真ん中に座って。シーン1は、小雪ちゃんのインタビューから始めるからさ」

「あ、すみません……私の役名は小雪ですか？」

指示通りにソファの中央に座った小雪は慌てて訊ねた。

「井出ちゃんから、芸名は小雪だって聞いてるけど」

「芸名は小雪ですけど、映画の中の役名を訊いたんです」

「小雪でいいじゃん。かわいい名前なんだからさ」

「はぁ……」

映画の中でも本名で演じるというのは凄いことなんだろうが、小雪に喜びはなかった。

小雪のためを考えて、というより、吉武が面倒で適当に決めたように思えたからだ。

「いまから撮るシーンはＤＶＤの特典インタビューで本編の物語とは関係ないからさ。自己紹介から始まって、その後インタビューに移るから、素のままの小雪ちゃんで頼むよ」

すべての流れがあまりにも急過ぎて、小雪にはなにがどうなっているのかわからなかった。

メイク直しもしていなければ、衣装にも着替えていない。

だが、さっきから質問ばかりしているので、もうそれは言いづらかった。

「それじゃ回すよ！　五秒前！　四！　三！」

二と一は声に出さずに指を立て、吉武がＧＯサインを出した。

自己紹介して！　◎名前　◎年齢　◎出身地　◎身長　◎スリーサイズ

吉武が、カンペ——携帯用のホワイトボードを小雪に翳した。

「こんにちは。花崎小雪、十八歳です。生まれは群馬県で、身長は百五十七センチです」

小雪が言葉を切ると、吉武がスリーサイズの文字を指差し催促した。

緊張で言い忘れたわけではない。

女優としての自己紹介に、スリーサイズなど言う必要はあるのだろうか？　という抵抗を感じたのだ。

「スリーサイズは、83、58、85くらい……だと、思います」

頬だけでなく、耳朶まで熱を持った。

人前で……しかもカメラの前でスリーサイズを口にするなど初めてのことだった。

吉武が満足げに頷きながらホワイトボードの文字を消し、新しいカンペを書いていた。

目の前に翳されたホワイトボード——小雪の視線が、四つ目に書かれた質問に釘づけになった。

◎趣味は？　◎好きな食べ物は？　◎この世で一番怖いことは？　◎初体験はいつ？

「すみません、カメラを止めてもらってもいいでしょうか？」

意を決して、小雪は吉武に言った。

「なに？　どうしたの？」

吉武の表情も声音も、明らかに不機嫌モードに突入していた。

「四つ目の質問なんですけど、こういうことには答えたくありません」

膝の震えを手で押さえつつ、小雪は思いを訴えた。

撮影を中断させ、質問内容を拒絶する。

大役のチャンスを貰った新人がすることではないと重々わかってはいたが、吉武に言ったようにこの質問だけは答えたくなかった。

「はぁ？　なんで？　初体験の質問くらいでビビってたら、この先、やってけないぞ」

吉武の眉尻が吊り上がった。

恐怖で心臓が口から飛び出してしまいそうだったが、ここで引くわけにはいかなかった。

「女優として、物語に必要なことなら……」

「初体験の質問は、物語の内容に必要なんだよ！」

小雪を、吉武が強い口調で遮った。

「男優がきたらすぐに濡れ場撮るのにさ、そんなんで大丈夫なのか⁉　まったく、先が思いやられるぜ」

「え⁉ いま、なにを撮るって言ったんですか⁉」

訊ね返す小雪の声は、うわずっていた。

聞き違いだ。そうに決まっている。

まさか、そんなはずはない。

もしそうなら、井出が説明してくれたはずだ。

「だから、濡れ場を撮るって言ったの！」

吐き捨てる吉武の声――聞き違いではなかった。

濡れ場を撮る……。

フリーズする思考――漆黒に染まった脳内に、吉武の言葉が冷え冷えとリフレインした。

7

喉がからからになり、動悸が速くなった。

――男優がきたらすぐに濡れ場撮るのにさ、そんなんで大丈夫なのか⁉ まったく、先が思いやられるぜ。

鼓膜に蘇る吉武の声……聞き間違いであってほしかった。

女優をやっている以上、キスシーンであれ濡れ場であれ避けては通れない道であることはわかっていた。

しかし、唐突過ぎる。

台本もみせてもらえず、映画のストーリーも聞かされていない状態で、いきなり濡れ場の撮影があると言われて小雪は混乱していた。

「時間押してるから、続き行くぞ！　よーいスタート！」

◎趣味は？　◎好きな食べ物は？　◎この世で一番怖いことは？　◎初体験はいつ？

吉武が撮影再開の合図とともに、ふたたびカンペを宙に翳した。

さすがに、立て続けに撮影を中断する勇気はなかった。

「趣味は読書で、好きな食べ物はドリアです。一番怖いのは、蜘蛛(くも)です……」

小雪はそこまで言うと、口を噤(つぐ)んだ。

十秒、二十秒……焦燥(しょうそう)感が募(つの)った。

吉武が、いらついた様子でカンペの「初体験はいつ?」の箇所を指差した。

「初体験は……まだ……です」

意を決して小雪が言った瞬間、スタッフがざわついた。

顔が燃えるように熱かった。

見知らぬ人の前で……しかも、カメラが回っている前で性的な質問に答えるなどありえなかった。
◎セックスの経験がないということ?
吉武が、新しいカンペを出してきた。

「……はい」

ニヤつくスタッフ達の好奇の視線が、小雪の羞恥心に突き刺さった。
◎キスの経験は?
嬉々とした表情で、吉武がホワイトボードにマジックを走らせた。

「……ありません」

スタッフ達のざわめきとニヤつきが大きくなった。

恥辱の連続に、頭の中が煮立っているようになった。

許されるなら、この場から逃げ出したかった。

いや、いま、この瞬間に消えてなくなりたかった。

「カーット！　いやぁ、よかったよ！　処女でキスもまだなんて、人気爆発してブレイク間違いなしだよ！」

さっきまでの不機嫌顔が嘘のように喜色満面の吉武が、興奮気味に言った。

男性経験がないことで、どうして人気が出るのか？

花崎小雪が処女であることは、視る者も業界関係者も知らないはずだ。

まさか、記者会見を開いてカミングアウトしろというわけではないだろう。

「お疲れーっす！」

あれやこれやと小雪が考えを巡らせていたら、勢いよくドアが開き白いタンクトップ姿の若い男性が入ってきた。

鍛え上げられた筋肉質の肌は褐色に焼かれ、首にはクロスのペンダントが巻かれていた。

髪は短く刈り込み金色に染められ、肩にはペンダントと同じクロスのタトゥーが入っている。

男性は俳優にはみえず、水商売関係者のような雰囲気があった。

「おう、ちょうどいま自己紹介を撮り終わったところだ。小雪ちゃん、紹介するよ。彼は今回小雪ちゃんのお相手をする中のひとりで、竜太。年は二十七と若いけど、十代の頃から男優やってるからかなりのベテランだ。彼女は新人で今日が初仕事の小雪ちゃん。まだ十八歳のピチピチガールだ」

吉武が、自分と竜太の間に立って引き合わせた。

今回相手する中のひとり、という吉武の言い回しに小雪は違和感を覚えた。

映画なのだから出演するキャストが複数いるのがあたりまえなのに、どうしてそういう表現をするのだろうか？

それに、「共演者」ならわかるのだが、「相手」とはどういう意味なのか？

「もう、時代がわかるなぁ。監督、ピチピチガールは死語っすよ。はじめまして。リュウでいいから。よろしく！」

竜太が吉武にツッコミを入れたあと、小雪に向き直り白い歯をみせた。

「はじめまして。花崎小雪と言います。今日が初めての撮影でご迷惑をかけるかもしれませんけど、よろしくお願いします」

小雪は、深く頭を下げた。

「監督、このコ、超かわいいっすね。久々のヒットっすよ！」

竜太が、ハイテンションに言った。

褒められても、嬉しくはなかった。

それどころか、竜太の軽薄な感じが苦手だった。

「だろう？　俺も、びっくりしてんだよ。こんな上玉、井出ちゃん、よくみつけてきたなと思ってな」

吉武が、しみじみと言いながら小雪を眺めた。

「撮影の前にリラックスしたほうがいいから、彼女とちょっと話してもいいっすか？」

竜太が、吉武に訊ねた。

「ああ、少しだけならな」

「まあ、座りなよ」

竜太が小雪をソファに促し、自らも隣に腰を下ろした。

不安になり、周囲に首を巡らせた。

さっきから、真沙子さんの姿が見当たらなかった。

「……あの、真沙子さんはどちらに行ったんですか？」

小雪は、吉武に訊いた。

「さあ、ほかの現場に行ったんじゃない？　あそこの事務所、人手不足だからさ」

さらりと、吉武が言った。

不安が、急速に膨張した。

この状況でひとりというのは、心細過ぎる。

初めての現場だから、というわけではない。

子役時代に、それなりに経験を積んでいるのでまったくの新人とはわけが違う。

小雪が心細さを感じているのは、現場の異様な空気感だ。

井出に連れられスタジオに足を踏み入れたときから――吉武とのフィーリングも合わなければ、自己紹介の撮影内容も納得のいかないものだった。

とどめは、共演者にたいしての嫌悪感だ。

「小雪ちゃんってさ、どうしてわざわざこんな仕事をやる気になったの？」

竜太の質問に、小雪はカチンときた。

「私にとって、この仕事は幼い頃からの夢だったんです」

「夢……だそうっすよ」

竜太が、笑いを噛み殺して吉武をみた。

「こんなに若くて清楚なコが……ありがたいことじゃないか。俺らの仕事は、後ろ指差されることが多いってのによ」

「どうして、後ろ指差されるんですか？　私は、女優というお仕事に誇りを持ってます」

小雪は、毅然とした表情で言った。

「リュウ……なんだかさっきから話が噛み合わないと思ってたら、こりゃ、もしかしてってやつだぞ」

「え？　もしかしてって、あの、もしかしてっすか？」

「ああ、井出ちゃん、やってくれたかもだよ。リュウ、修羅場になるかもしれねえぞ？」

「マジっすか！　ツイてないな……」

吉武が深刻そうに言うと、リュウが天を仰いだ。

ふたりが、なにを言っているのか小雪にはまったく意味がわからなかった。

「押す可能性があるから、早速、始めよう。スタートはその位置でいいから。まずは、彼氏の部屋でくつろいでいたふたりが、いい雰囲気になり愛を確かめ合うって設定だ。男性経験のない小雪ちゃんを優しくリュウがリードするって感じで行くから」

「監督、マジに大丈夫っすか？　ちゃんと説明したほうがいいんじゃないっすか？」

竜太は、困惑しているようだった。

小雪は、胸騒ぎに襲われた。

「とりあえず、確信犯的見切り発車だ」

「俺、どうなっても知らないっすよ」

「いいんだよ、なにかあったら井出ちゃんの責任なんだからさ」

無責任なふうに、吉武が言った。

ちゃんと説明したほうがいい？

なにかあったら井出の責任？

疑問と不安は増すばかりだ。

なにより、吉武が僅か数十秒でつけた演出の内容が、小雪の危惧に拍車をかけた。

「まあ、そういや、そうっすね。それに、俺はオファー受けただけっすからね」

竜太が、自分に言い聞かせるように言った。

「よっしゃ。それじゃ行こうか！　小雪ちゃんは、リュウに任せておけばいいから。無理に作ろうとしないで、素の感じで頼むよ。よーい、スタート！」

心の準備ができないまま、撮影がスタートした。

竜太がいきなり、肩に腕を回してきた。

弾かれたように、小雪は竜太の腕から逃げた。

「怖くないから……俺に任せて」

竜太が耳もとで囁き、ふたたび肩に腕を回してきた。

身体を捻ったが、今度は腕の力が強く逃れられなかった。

「好きだよ、小雪」

不意に、竜太の顔が近づいてきた。

唇に、不快な濡れた感触が広がった。

「なにするんですか！」

小雪の平手が、竜太の頬を叩いた。

瞬時に、スタジオ内の空気が凍てついた——小雪の心臓も凍てついた。

頬を押さえた竜太が、驚きに眼を見開いていた。

「カ……カーット！」

我を取り戻した吉武が、大声で撮影を止めた。

「なにやってんの⁉ いくら台本ないからって、いきなり引っぱたくなんてだめだ！」

吉武が、血相を変えて怒鳴(どな)りつけてきた。

「だって、いきなりあんなことされて……」

「あそこはキスするシーンなんだから、あたりまえだろ！」

「だって、そういう説明もなにもされていないから、私……」

込み上げそうになる涙を、小雪は堪えた。

現場で涙をみせるのは、プロとして失格だ。

「彼氏の部屋でくつろいでいたふたりが、いい雰囲気になり愛を確かめ合うって説明しただろ⁉ ここのテイクは、キスシーンを撮るんだよっ。経験があるとかないとか、なに素人みたいなこと言ってるんだ！ 手術のシーンを撮るときに、医師の経験がないからって断(ことわ)るのか⁉ 殴(なぐ)り合うシーンを撮るとき、喧嘩したことないからって、断るのか⁉ モデル、看護師、キャビンアテンダント、ホステス……女優なんて、演じる役の九十パーセント以上は知らない世界のことばかりだ。経験のあることしかやらないなら、そんなもん女優じゃない！　お前、プロの女優だろうが!?　好き嫌いで仕事選ぶなら、素人がミーハー気分でやってるエキストラでもやってろ！」

吉武の叱責が、小雪の胸を滅多刺しにした。

たしかに、女優が演じる役のほとんどが未経験の仕事や懸け離れたライフスタイルだ。キスと同じで、経験がないからできないというのは、現場で涙をみせることよりもプロとして失格だ。

ただ、頭では理解できても心が拒絶していた。

なぜだろう？

いまの世の中、ドラマや映画でキスシーンなど珍しくはない。

小雪より年下の女優でも、あたりまえのようにキスシーンを演じている。

彼女達の中には、ファーストキスをドラマや映画で経験したという者もいるだろう。

理想と懸け離れたタイプの男性が相手でも、大嫌いなタイプが相手でも拒否することはもちろん、不満に思ってもならない。

普通に考えれば、見ず知らずの男性の手を握ったりキスしたり……とんでもない職業だ。

だが、女優は普通であってはならない。普通のＯＬや主婦では理解できない世界で活躍しているからこそ、憧れの存在にもなれるのだ。

たとえば、オリンピックに出場するような柔道やアマレスの選手は、一日十五時間ほどを練習に費す。

腹筋二千回、腕立て伏せ千回、スクワット五千回……普通に考えれば、ありえない練習量だ。

だが、アスリート達にとってはごくあたりまえの日課なのだ。

わかっていた……わかっていたが、なにかが違う。

決定的ななにかが……。

「どうするんだ⁉　撮影をやめるのか？　やる気ないんなら、それでもいいぞ。こっちも、アマチュアを相手にしてる暇はないからさ。芸能、向いてないんじゃない？　田舎に帰れば？」

吉武の言葉が、小雪の反骨心に火をつけた。

素人だと、見下されていた。

悔しかった。

吉武にたいしてではなく、自分の情けなさにだ。

たとえ新人であっても、女優のオーラが出ていればこんな態度は取られないはずだ。

——芸能、向いてないいんじゃない？　田舎に帰れば？

一番言われたくない屈辱的な言葉が脳裏に蘇った。

「撮影、再開してください」

小雪は、強い光を宿した瞳で吉武を見据えた。

「無理すんなって。まだ若いから、やり直しなんていくらでもきくから、芸能界辞めたほうがいいって」

——芸能界でトップになるために歩かなければならない道に、命を落とす危険があっても、私は進むことをやめないわ。進むのをやめなければならないなら……死んだほうがましよ。

今度は、母……昌枝に言った自らのセリフが蘇った。

トップ女優になるために命を懸ける——姉に、そう宣言したのではないのか？

それなのに、たかがキスシーンで取り乱すなど情けなかった。

「私には、女優になることしかありません。撮影を、始めてください」

「わかったよ。その言葉、忘れんなよっ。よーい、スタート!」

吉武が吐き捨てるように釘を刺し、撮影を再開した。

竜太が身体を密着させ、肩を抱き寄せてきた。

全身の筋肉が強張り嫌悪感が広がったが、堪えた。

「小雪も、俺のこと好き?」

咄嗟に台詞が出てこず、小雪は頷いた。

台本のない芝居など、初めてだった。

闇の中を手探りで歩いているように、頼りなかった。

「嬉しいよ」

囁き、竜太が顔を近づけてきた。

小雪は腹を決め、眼を閉じた。

唇に生温かい感触――逃げたくなる衝動に、懸命に抗った。

ワンピースの上から、竜太の手が胸を揉み始めた。

電気ショックを受けたように、身体が硬直した。

もちろん、男性に胸を触られたことなどなかった。

竜太の手が、ワンピースの襟もとから滑り込み、ブラジャー越しに小雪の右の膨らみに触れた。
嫌悪感に、肌が粟立った。
全身が金縛りにあったように身動きできなかった。
竜太が、小雪の身体をゆっくり押し倒した。
感じたことのない底なしの恐怖心に、小雪は襲われた。
竜太がワンピースのボタンを外し、ブラジャーを一気にたくし上げた。
「きれいだよ」
竜太の囁きに、肌の粟立ちが激しくなった。
心臓から吐き出される血液が、体内を激流のように駆け巡った。
逃げ出したかったが、身体が動かなかった。
いや、動いたとしても、逃げ出すわけにはいかない。
そんなことをしたら、井出の耳に入り事務所をクビになってしまう。
トップ女優になるという夢は幻に終わり、待っているのは田舎での平凡な生活……。
冗談じゃなかった。
私は女優……私は女優……私は女優……。

恐怖心と嫌悪感を払拭(ふっしょく)するために、小雪は心で呪文(じゅもん)のように唱(とな)え続けた。

スポットライトを浴びるために生まれてきた……。

私の夢を、誰も止めることはできない。

恐怖心と嫌悪感を抹殺するために、小雪は心で呪文のように唱え続けた。

「愛してるよ、小雪」

竜太が乳房を不快に揉みしだき、耳もとで囁いてきた。

竜太の唇が、膨らみの先端を含んだ。

竜太の舌が、膨らみの先端を摩擦(まさつ)した。

乳房を揉んでいた手が腹筋から臍を撫でるように下腹部へと移動し、スカートの中に侵入した。

反射的に、小雪は太腿を閉じ竜太の手を押さえた。

「怖くないから……さあ、力を抜いて」

竜太が、小雪の手をそっと退(しりぞ)けながら太腿に触れた。

内臓まで、鳥肌(とりはだ)が立ちそうな不快感が広がった。

我慢して、我慢して、我慢して……。

小雪は、懸命に己に言い聞かせた。

太腿の力を抜こうとしたが、筋肉が強張っていうことをきかなかった。

「俺のこと、嫌いなの？」

竜太が哀しげな顔で訊ねてきた。

もちろん演技だとわかっているが、思わず、嫌い、と言いそうになった。

小雪は、首を横に振った——精一杯、演技した。

「じゃあ……ね？」

甘い声で言いながら、竜太が小雪の下着の中に手を入れた。

頭の中で、別のことを考えた。

撮影が終わったら、なにを食べよう？

最近、ダイエットでカロリーを気にしていたので揚げ物やラーメンの類は口にしないようにしていた。

もともと、小雪は鶏の空揚げが大好きだったが、もう、半年は食べていない。

たまには、自分へのご褒美でいいだろう。

ひさしぶりに、好きなものを好きなだけ食べられる……。

小雪の秘部に、竜太の指先が触れた——思考が停止し、脳内がまっ白に染まった。

「いやーっ！」

気づいたときには、大声で叫び竜太を突き飛ばしていた——ずらされた下着を引き上げ、立ち上がった。

「カーット！　お前っ、なにやってんだよ！　いったい、どういうつもりだ！　ああ⁉」

吉武が、鬼の形相で小雪を問い詰めた。

「あんた、マジ、勘弁してくれよっ。引っぱたかれたり突き飛ばされたり、なんだってんだよ！」

竜太も、気色ばんでいた。

「あ……すみません……違うんです……私……その……」

しどろもどろになり、自分でもなにを言っているのかわからなかった。

「なにが違うんだっ！　できねえんなら、芸能界諦めて田舎帰れって言っただろうが！」

吉武の怒声が、空気を震わせた。

「すみません……すみません……すみません……」

小雪は、無意識に謝り続けた……謝ることしか、できなかった。

「二度も撮影ぶち壊して、すみませんじゃすまないんだよ！　もういいっ。勘弁だよっ。出てけ！」

吉武が小雪を睨みつけ、ドアを指差した。

トップ女優になるという夢が崩れてゆく音が、頭の中で鳴り響いた。

謝っていながら、納得していない自分がいた。

キスなら、女優として我慢できる。

胸を触られるのも、ギリギリ我慢できる。

だが、性器に触れられたり指を入れられるのは、耐えられなかった。

いくら濡れ場でも、そこまでやる必要があるのだろうか？

ならば、吉武の言うように芸能界を諦めて田舎に帰るのか？

いや、それは絶対にできない。

ならば、演技中に性器に指を入れられることに……または、それ以上の「演技」に耐えられるのか？

どうすればいい？　どうすればいい？　どうすれば……。

「なにやってんだ⁉　早く出て行けって……」

「どうしたんです？　大声が、外にまで聞こえてますよ？」

吉武の怒声を遮るようにスタジオのドアが開いた——入ってきたのは、井出だった。

「どうしたもこうしたもないよ！　井出ちゃんさ、このコに話してないだろ⁉　ここがアダルトビデオの現場だって！」

吉武の言葉に、小雪の心臓が凍てついた。

「え……？　いま……なんて……？」

小雪は、掠れた声で吉武に訊ねた。

「ここは、アダルトビデオの撮影現場だって言ったんだよ！」

吉武の声が鼓膜からフェードアウトし、視界が闇に染まった。

8

「リップグロス」の応接室——ソファに脱け殻のように座る小雪の正面で、井出が深刻な表情で腕組みをしていた。

撮影スタジオから井出に連れ戻されてもう三十分が経つが、井出も真沙子もひと言も喋らなかった。

——どうしたもこうしたもないよ！　井出ちゃんさ、このコに話してないだろ!?　ここがアダルトビデオの現場だって！

吉武の声が、凍てついた脳内に蘇った。

小雪の心臓はいまだに高鳴っていた。

自分がいたのはアダルトビデオの撮影現場……。

なぜ？　まったく、意味がわからなかった。

自分が所属したのは、芸能事務所のはず……井出は、女優を育てるマネージャーのはず……。

頭が混乱していた。

男優のザラついた手の感触が、湿った舌の感触が乳房に不快に残っていた。

そして、下半身にも……。

いますぐ、シャワーを浴び、男の不潔な唾液を洗い流してしまいたかった。

唾液だけでなく、指先や舌の感触……一切の記憶を洗い流したかった。

「私は……女優としてスカウトされたんじゃないんですか……？」

小雪は、無意識に口を開いていた。

「ああ、そうだよ」

井出が、掠れた声で言った。

「なのに、どうして、アダルトビデオの撮影をしなければならないんですかっ。私を、騙したんですか!?」

小雪は、涙声で訴えた。

「騙してなんかいないよ」

間を置かず、井出が言った。

「じゃあ、どうして、私にあんなことやらせたんですか！」

小雪は、涙目で井出を睨みつけた。

「君をトップ女優にするためだよ」

井出は視線を逸らさず、小雪を見据えた。

「アダルトビデオの撮影なんかして、トップ女優になれるわけないじゃないですか！」

「現在、芸能界にどれくらいの女優がいるか知っているか？」

不意に、井出が質問をしてきた。

「そんなの、いまは関係ない……」

「関係あるんだ。いいから、質問に答えて」

「千人くらいですか？」

正直、いまはそんなことはどうでもよかった。

「新人も含めると三万人はいるかな。その中で、メジャーなドラマや映画に出演できるのは数百人だけだ。それも、一回きりの話だ。継続的に出演できる女優……つまり、売れる女優になれるのはもっと数が減って三十人くらいしかいない。その中でどうやって目立つか、みな、必死さ。競争率が激しい芸能界で売れるっていうことは、それほどに難しいことなんだ。だから、グラビアで勝負したり、バラエティ番組で芸人に小突かれたり、きっかけを摑もうとあの手この手を試してみるのさ」

「だからって、アダルトビデオに出るなんて……」

「アダルトビデオじゃないっ」

井出が、強い口調で小雪を遮った。

「監督はアダルトビデオなんて言ったけど、あの作品はＤＶＤ映画……ようするに、Ｖシネマだ。近年、ＤＶＤが売れなくなっているから、メーカーサイドが主演女優が脱ぐことを条件に出していることは事実だよ。必然的に、濡れ場が多くなることもね。今回の作品について、詳しい情報を教えなかったのはそれが理由だ。ただでさえ緊張する初主演映画のほとんどが濡れ場だなんて聞かされたら、腰が引けてしまうだろう？　だから、台本もみせなかったのさ」

アダルトビデオではなくてＶシネマ……。

小雪は、井出の言葉を心で繰り返した。

気持ちのどこかで、井出を信じようとしている自分がいた。

しかし……。

「違いは、なんですか？　アダルトビデオとＶシネマの違いを、教えてください」

「アダルトビデオは性欲の処理を目的に作られているけど、Ｖシネマにはストーリー性がある。商業的に言えば、アダルトビデオはテレビでプロモーションはできないけれどVシネマはできるし、国内、海外の映画祭の受賞資格もある」

「でも、その……あんなにいやらしい内容だと、観る人には区別がつかないと思います」

小雪は、率直な思いを口にした。

「小雪ちゃんは、芹沢悠に憧れていたよね？」

小雪は頷いた。

現在の芸能界で十本の指に入る人気女優……芹沢悠は、小雪にとって芸能界を目指すきっかけになった存在だ。

小雪が芹沢悠の虜になる理由は、人気でも演技力でもない。

そこにいるだけで彼女以外の景色がモノクロになってしまうような圧倒的な存在感だ。

——私、プライベートで外出するときも変装しないんです。以前は、ほかの芸能人みたいにキャップやマスクをつけていたんですけど、すぐにバレちゃうんですよ。

以前に、芹沢悠がテレビの取材で語っていたエピソードが小雪の脳裏に蘇った。

——そこらの芸能人はキャップとマスクをつけていれば気づかれることはないけど、悠ちゃんの場合はオーラが凄過ぎて、どんな変装していても無意味なんだよ。

芹沢悠は屈託なく語っていたが、その取材を観ていたあるプロデューサーの言葉に小雪は深く同意した。

芹沢悠のような、何千人の中にいてもひと目でわかるような圧倒的存在感の女優になりたい——その思いが、小雪の原動力になっていた。

「じゃあ、霧島亜美って女優の名前は聞いたことある?」

「いいえ、知りません」

「あまり知られてないことだけど、霧島亜美っていうのは芹沢悠の女優デビュー当時の芸名なのさ」

「グラビアアイドルの千春以外にも、芸名、あったんですか?」

「ああ。霧島亜美時代に、ある映画に出ててね。『獣女』ってタイトルで、ひとりの純粋な女子大生が夜道を歩いていたらレイプされて、それ以来、自分でも気づいていなかった性の衝動に目覚め、行きずりの男と肉体関係を重ねるような淫らな女に変貌するっていう、一時間四十分の尺のうちの一時間以上がセックスシーンの映画が彼女の幻のデビュー作なんだ。芹沢悠としてのデビュー作、連ドラ『完璧な恋愛』は正確に言うと二作目ってことになる」

小雪は驚きで、すぐには言葉を返せなかった。

芹沢悠が別名で女優デビューしていたことも驚きだが、過激な濡れ場だらけの映画に出演していたことはもっと驚きだった。

「芹沢悠は、そんな映画に出たかったと思う？」

井出が、身を乗り出し訊ねてきた。

「いいえ」

いやでいやで仕方がなくても、耐えたのだろう。

芹沢悠は、いまの自分などよりプロ意識が高かったに違いない。

「プロの女優として、泣き言を言わずに我慢したんだと思います」

「わかってないな……君は、ちっともわかってない」

井出が、ため息を吐きながら首を振った。

「え……？」

「我慢なんて言っているうちはプロの女優じゃない。アマチュアだ」

「どういうことですか？」

小雪は、怪訝な顔を井出に向けた。

「『獣女』の監督が撮影後に彼女にこう言った。『大変だったね。大丈夫だった？』ってね。そしたら芹沢悠は、『え？　なにがですか？』と訊ね返した。監督が、『初めての現場が、激しい濡れ場で大丈夫だったかなって意味だよ』と説明すると彼女は『映画の撮影ってみんなこんな感じじゃないんですか？』とあっけらかんとしていたそうだ。俺がなんでこのエピソードを小雪ちゃんに話したかわかるよね？」

小雪は、力なく頷いた。

自分の考えの浅はかさに、愕然とした。

芹沢悠は、過激な濡れ場をプロの女優として耐えてきた——そう思っていた。

違った。

耐えるどころか、濡れ場自体を苦痛に感じず当然のこととして受け止めていた。

——我慢なんて言っているうちはプロの女優じゃない。アマチュアだ。

蘇る井出の言葉が、小雪の胸を貫いた。

キスすることも身体に触れられることも女優としてあたりまえ……彼女は、誰に言われたわけではなく、また、自分に言い聞かせているわけでもなく、自然体でそう思っていた。

「そりゃさ、誰だっていやだよな。知らない男に身体触られるなんてさ。俺だってさ、タイプじゃない女にそんなことされたらいやだよ。耐えられないだろうね。俺は俳優じゃないからそれでいいけど、小雪ちゃんはそういうわけにはいかない。君は、女優だからね。濡れ場でたとえるからわかりづらいけど、ほかで考えたらわかりやすい。納豆が大嫌いでも、納豆が大好きな役がきたら幸せそうな顔で食べなきゃならない。犬に咬まれたことでトラウマになって怖くても、犬が大好きな役がきたら楽しそうに戯れなければならない。好き嫌いで役を選んでいるようじゃ女優とは言えない。女優っていうのは、殺人者だって、売春婦だって、窃盗犯だって、なんだって演じなければならない。でも、そんな女優も、絶対に演じない役がある。それは自分自身……花崎小雪さ。だから、君が女優であるなら、花崎小雪を殺さなきゃならない。花崎小雪の価値観や道徳は、女優業にとっては百害あって一利なしだ」

小雪は、唇をきつく嚙み締めた。

こんなにも、自分に失望したことはなかった。

こんなにも、自分に怒りを感じたことはなかった。

こんなにも、自分に嫌悪感を覚えたことはなかった。

——進むのをやめなければならないなら……死んだほうがましよ。

母に切った啖呵が、恥ずかしかった。

命を懸けるなどたいそうなことを言いながら、身体を触られただけで泣きを入れ撮影を中断させる自分……口だけのハッタリ女だ。

「あまり、追い込むとかわいそうよ。彼女はまだ十八歳だし、田舎から上京したばかりだし」

それまで静観していた真沙子が、小雪の肩を抱き寄せ言った。

自分を庇ってくれている……嬉しくはなかった。

同情されている……。

憐れまれている……。

嬉しいどころか、屈辱に苛まれた。

「だけどさ、プロの女優を目指している以上、そんなこと言ってられないの真沙子さんもわかるだろう?」

「もちろん、わかってるわ。でも、それはプロとしての資質が備わってるコの場合よ。小雪ちゃんは、残念ながらまだプロ意識がそれほど高くないわ。でも、小雪ちゃんがいい素質を持ってるのは井出君もわかってるでしょう?」

井出が頷いた。

胃がムカムカして、吐きそうになった。

真沙子に悪意がないのはわかっていた。

悪意どころか、善意から出た言葉だ。

だからこそ、いら立ちに拍車がかかった。

「小雪ちゃんの素質を伸ばしたいなら、彼女の成長速度に合わせてあげて。憧れの女優だからって、芹沢悠と比べるのは酷よ」

「言いたいことはわかるけど、憧れの人を目指すことによって物凄い能力を発揮するってこともあるだろう？」

「憧れの人との差に愕然として心折れる場合もあるわ」

きっぱりとした口調で、真沙子が言った。

「う～ん……それは、困るな」

井出が、渋面を作った。

「でしょう？　だったら……」

「すみませんでした」

小雪は、真沙子の言葉を遮った。

「いいのよ、謝らなくても。井出君も悪い……」

「私、現場に戻ります」

「え……？」

「監督に謝ります」

「小雪ちゃん、無理しなくてもいいのよ」

「芹沢悠さんにできたことなら、私にもできますっ。女優にたいしての強い思いは誰にも負けません！」

小雪は、強い眼差し（まなざ）で真沙子をみつめた。

「あ、なんか、ごめんね。私が、癪（しゃく）に障（さわ）ること言ったかしら？」

「正直、アマチュアだと言われたり、わかってあげてよみたいに言われたり……悔しかったです。だけど、自業自得（じごうじとく）です。撮影を投げ出す女優なんて、アマチュアと言われても仕方ありません。でも、もう、大丈夫です。途中で現場を投げ出すようなことはしませんから」

小雪は、押し殺した声で言った。

腹立たしかった。

真沙子にたいしてではなく、自分にたいしての怒りだった。

「前も、同じようなことを言ってたよな？　面接のときに飛び出して、戻ってきたときに女優にたいしての熱い想いを俺に語ったじゃん。それで、これだろ？　そんなコロコロ気持ちの変わる君を、どうやって信じろっていうんだよ!?」

小雪は眼を閉じ、俯（うつむ）き加減に井出の叱責を受けた。

井出が不信の気持ちを持つのも無理はない。

自分が井出の立場でも、信じられなくなってしまう。

「でも、もう大丈夫だって!? そういうのが、甘いっていうんだよ。現場に戻ります、はいそうですか、って、そんな単純に済むと思ってるのか? 今日の現場だって、スタッフと男優さんのスケジュールが無駄になったし、それだけじゃなくてギャラが発生するんだよ。ほかにスタジオ代もかかるし、今回で言えば五十万の損害だ。そのお金、誰が払うと思ってるんだ?」

「すみません、私がギャラでお返しします」

小雪は眼を開け、井出に頭を下げた。

「新人のギャラが、いくら貰えると思ってんだよ! それに、君には居住費や生活費でもう三百万を貸しつけてるんだぞっ」

「本当に、すみません……」

小雪は、消え入る声で言った。

自分はなんて甘いんだ、と責めながら、まだ、本当の意味での甘さをわかっていなかった。

底なしの自己嫌悪――小雪は、奥歯を噛み締めた。

「すみません、すみません、すみません! 君は、謝ってばかりだな。どれだけ謝っても、大人の世界ではなにも解決しないんだよ」

井出の冷めた眼が、小雪の心に突き刺さった。

「ねえ、もう一回だけ、チャンスをあげようよ。吉武監督のところには、私も一緒に謝りに行くからさ。私からも、お願いします」

真沙子が立ち上がり、井出に頭を下げた。

「真沙子さん、私のために……やめてください」

慌てて小雪は立ち上がり、真沙子に言った。

「そう思うのなら……本当の意味で死ぬ気でやりなさい」

それまで優しい口調だった真沙子が、一転して厳しい眼を小雪に向けて言った。

「もう一度、チャンスをください」

小雪は真沙子に力強く頷き、井出に頭を下げた。

井出は無言で席を立ちドアに向かった。

やはり、許してはくれないのか……。

だが、ここで諦めてしまえば、小雪の「夢」は終わってしまう。

「井出さんっ、お願い……」

「なにボサーッと突っ立ってんだ」

井出が立ち止まり、振り返ると言った。

「え……？」

「謝りに行くんだろう？　吉武監督のとこにさ」

口調はぶっきら棒だが、井出の瞳の奥からは温かさが窺えた。

小雪の胸は熱くなり、心が震えた。

「井出さん……」

「ほら、さっさとこい」

井出は素っ気なく言うと、ドアを開けた。

「はい！」

小雪は、小走りに井出の背中を追った。

☆　☆

「このたびは、本当に申し訳ございませんでした」

井出が、膝に額がつくほどに身体を折り曲げ謝罪した。

小雪も井出に倣い頭を下げながら、仏頂面でソファに座る吉武の様子を窺った。

「そうやって謝られてもね。こっちはさ、このお嬢ちゃんのわがままに振り回されて今日の撮影を台無しにされたんだからな」

吉武が、腹立たしげに吐き捨てた。

「今日の損害金はウチがお支払いします。だから、もう一度……」

「金を払えばチャラって話じゃないことくらい、井出ちゃんだってわかるだろう!?」

吉武は煙草に火をつけると荒々しく紫煙を撒き散らした。

「もちろんです！　俺もこの業界で五年以上やってますし、小雪がやったことがどれだけ大変なご迷惑をかけたかはわかっているつもりです。その上で、もう一度、小雪にチャンスを頂きたいんですっ」

自分の尻拭(ぬぐ)いのために熱っぽく訴える井出の姿に、小雪は後悔の念に苛まれた。

「井出ちゃんのマネージャーとしての情熱はわからんでもないけど、また途中で投げ出したり泣き喚(わめ)くんじゃないかって信用できないんだよっ。ウチもほかの女優の撮影スケジュールが詰まってるし、暇じゃないしな。そういうことだから、悪いけど帰ってくれよ。損害金の請求書はあとから送っとくからさ」

吉武が、煙草を持った手で追い払う仕草(しぐさ)をみせた。

まるで、野良猫にそうするように……。

「このままでは、帰れませんっ」

「お前もしつこいな！　だめなもんは……」

「お願いします！」

目の前の井出の身体が沈んだ――吉武の足もとに跪(ひざまず)き、床に額を押しつけた。

不意に涙が溢れ出し、小雪の頬を伝った。

「小雪に、もう一度チャンスをください！」

「土下座したって、だめなもんはだめだって。さ、帰った帰った！」

「すみません！　もう二度と、投げ出したりしません！　撮影に、戻らせてください！」

小雪も土下座をして懇願した。

「無理無理！　また、あれはできないこれはできないって言い出すに決まってんだから」

「そんなことありません！　なんでもできます！」

「本当に、なんでもできるのか？」

吉武が、小雪の前に屈み顔を覗き込み訊ねてきた。

「できますっ」

小雪は、吉武の眼をまっすぐに見据え断言した。

「おい、ちょっときてくれ」

吉武が呼ぶと、タンクトップ姿の陽焼け男――竜太が歩み寄ってきた。

「脱げ」

吉武に指示された竜太が、ベルトのバックルを外しズボンとブリーフを脱いだ。

小雪の視界に、勃起した竜太のペニスが現われた。

弾かれたように、小雪は俯いた。

耳と頬が、熱を持った。

「小雪ちゃんの決意が本当だっていうなら、とりあえず、竜太のおちんちんくわえてみてよ」

お茶を淹れてよ、というような軽いノリで吉武が言った。

耳と頬の熱が、首筋を伝い全身に広がった気がした。

「どうした？　なんだってできるんじゃなかったのか？　また、口だけか？」

「監督っ、なんでもできるって言ったからって、これはイジメですよっ」

井出が、吉武に激しく抗議した。

「どう受け取ってもいいが、これくらいできなかったら信用できないから。逆を言えば、できたら撮影を投げ出したことはなかったことにしてやるよ」

「でも、小雪はこういう経験が……」

「やります……」

小雪は干乾びた声で井出を遮り、竜太の前に跪いた。

恐る恐る、顔を上げた。

怒張（どちょう）するグロテスクな肉塊（にくかい）……眼を閉じ、深呼吸した。

「夢」を叶えるには、この橋を渡らなければならない。

たとえ、橋が崩れ落ちる危険性があろうとも。

「夢」を叶えるには、この海を渡らなければならない。

たとえ、波に呑まれてしまう危険性があろうとも。

「夢」を叶えるには、この道を進まなければならない。

たとえ、豪雨でも、嵐でも、大雪でも……足を止めたり引き返したりしてはならない。

いまから渡ろうとしている川が泥水であろうとも、汚れることもなければ輝きを失うこともない。

なぜなら、私は女優だから……。

心で力強く宣言し、小雪は眼を開いた。

9

口の中に、生臭さ（なまぐさ）が広がった。

竜太が腰を前に突き出し、性器の先端が喉に当たった。

「我慢して」

咳（せ）き込む小雪の頭を、竜太が両手で押さえた。

「カメラ、回せよ」

興奮した吉武の声がした。

胃液が込み上げ、涙が滲（にじ）み出た。

「もっと、舌を使って」

竜太の要求に、小雪は戸惑（とまど）った。

男性器をこういうふうにした経験などもちろんなく、どうしていいのかわからなかった。

「ソフトクリームを舐めるように、やってみて」

頭の中がまっ白に染まり、なにも考えられなかった。

それに、恐怖で身体が動かなかった。

「恥ずかしがらないで、やってごらん」

竜太が、優しく小雪を促した。

彼は、初心（うぶ）な少女をリードする恋人役を演じているのだ。

カメラは回っている。

芝居をしなければならない……わかっていたが、竜太の性器を口に含んでいるだけで精一杯だった。

小雪の視界に、眉間に縦皺を刻む吉武の姿が入った。早く、とばかりにいら立たしげに腕を振っていた。

できない、とは口が裂けても言えない。

一度ロケ現場を飛び出し、井出に土下座までさせて吉武の許しを得たのだ。これで放り出してしまえば、自分は本当に口先だけの女になってしまう。女優としてだけではなく、人間として失格だ。

小雪は眼をきつく閉じ、竜太の性器にぎこちなく舌を這わせた。

「そう、そうだよ……いいよ、うまいね」

竜太の喘ぐような声に、肌が粟立った。

感情のスイッチをオフにした。

そうしなければ、心が壊れてしまいそうだった。

「好きだよ……」

竜太が囁きながら、小雪の口から性器を引き抜いた。

お姫様抱っこで抱え上げられ、ベッドに運ばれた。

仰向けになった小雪のワンピースのボタンを、竜太が外し始めた。

ブラジャーを外され、乳房を揉まれた——意識を遮断した。

乳房の先端に舌を這わされた——無になった。
パンティを脱がされた。
竜太の頭の位置が下がった。
小雪の秘部に、竜太の舌先が触れた。
反射的に、太腿を閉じた。

「力を抜いて」
竜太が、ゆっくりと小雪の足を開かせた。
広げられた太腿の間に、竜太が顔を埋めてきた。
犬が水を飲むときのような音が、あたりに響いた。
羞恥に、頬が火が出そうなほど熱くなった。
小雪は、睫が千切れんばかりにきつく眼を閉じた。
奥歯が砕けんばかりに、歯を食い縛った。
竜太の舌が動くたびに、内臓が腐敗してゆくようだった。
荒い鼻息を漏らしつつ、竜太は執拗に舌を動かし続けた。
抗うこともできず……また、その気力もなかった。

私は、女優。

どんなにいやなことでも、完璧にこなす。

それが、プロ。

小雪は、全身を侵食(しんしょく)しようとする嫌悪感を打ち消すかの如く言い聞かせた。

竜太が小雪の秘部を舐め、舌を入れ、吸いながら、万歳(ばんざい)するように伸ばした手で乳房を揉んだ。

私は、女優。

どんなにいやな相手でも、カメラの前では恋人。

観ている人が羨ましがるくらいに情熱的に愛し合う。

それが、プロ。

小雪は、逃げ出しそうになる恐怖感を打ち消すかの如く言い聞かせた。

性器から臍、臍から腹、腹から乳房、乳房から首筋、首筋から唇と、竜太がキスをした。

小雪は、唇を引き結んだ。

竜太が舌先で小雪の唇をこじ開けた。

舌を絡められ、吸われた。

口の中が竜太の唾液でベトベトになった。

小雪は、反射的に顔を背けた。

「カットカットカットーッ！　なんて顔してるんだよ！」

吉武が、こめかみに血管を浮かせて怒鳴りつけてきた。

「すみません……」

口を拭きながら、小雪は謝った。

「お前、シチュエーションわかってないのか!?　ふたりは愛し合ってる恋人だぞ!?　小雪は初体験だから緊張したり不安そうにしたりはリアリティがあっていいけど、そんな嫌悪感丸出しだと、レイプされているみたいだろうが！」

小雪は表情を失い、うなだれた。

「ここでなにをやってるのか言ってみろ!?」

「映画の撮影です……」

「ということは、役の中の女性を演じなきゃならないんだよな!?　なのに、さっきのお前はどうだ!?　苦痛の表情ばかりで、素のお前じゃないかっ。もう一度言うぞっ。ふたりは恋人同士……愛し合ってるんだ。未知の体験は不安でも、大好きな彼氏に触れられ、抱かれていることに幸せを感じてるんだよ！」

「本当に、すみませんでしたっ」

小雪は吉武の足もとに跪き、額を床に押しつけた。

「おい」

顔を上げると、吉武の険しい表情が目の前にあった。

「次のテイクでは、絶対に嫌悪感を顔に出すなよっ」

小雪は頷いた。

「もうひとつ。俺が手で合図を送るから、そしたら喘ぐんだ」

「え……」

「わかるだろう⁉　気持ちよくて、声を出すってことだよっ」

「私、気持ちよくありません！」

小雪は、反射的に語気強く否定した。

「まだわかってないな、お前は。空砲でも撃たれる役ならもがき苦しんで、共演者が親友でも敵役なら憎しみの眼で睨みつけるのが役者だろう！　お前は、彼氏に抱かれ愛撫されているうちに、だんだんと感じてくる……世界中のカップルが体験してることだっ」

返す言葉がなかった。

頭ではわかっていても、身体が拒絶反応を起こしてしまうのだ。

「また、なにかありましたか？」

声がした。

振り返った視線の先──半開きのドアから心配そうな顔を覗かせた井出が立っていた。

小雪は、慌ててはだけた胸もとを腕で隠し、身づくろいした。

「なにかあったじゃないよ、まったくさ。彼女、撮影中、ずーっといやな顔してんだから。次のテイクで喘ぎ声出してみようって言ったらさ、私、気持ちよくないから出せません、って。もう、勘弁してほしいよ。こんなんで、いい画が撮れるわけないじゃん」

吉武が、愚痴と怒りを井出にぶつけた。

「すみません、少しだけ小雪と話させてください」

「早くしてくれよっ。かなり押してるんだからさ」

「わかりました。できるだけ急ぎます。こっちにきてくれ」

井出が、スタジオの隣室……応接室に小雪を促した。

無言でソファに座る井出の正面に、小雪は腰を下ろした。

今度こそ、終わりだ。

自分のために監督に土下座をして許してもらった井出にたいして、顔向けができなかった。

「本当に……」

「悪かった」

謝ろうとした小雪の目の前で、突然、井出が頭を下げた。

予想だにしない井出の行動に、小雪は言葉が出なかった。

「もう少し、いろいろなことを僕が事前に君に伝えて心の準備をさせておくべきだった。東京に出てきたばかりで次から次に……つらかったよな」

怒鳴りつけられるか、冷めた口調で突き放されるかのどちらかだと思っていた。

どちらでもなかった。

こんなに優しく、しかも、謝られるとは想像もしなかった。

「いえ、そんな……私が悪いんです」

「いいや、悪いのは俺だよ。君は一生懸命に、頑張っているさ」

「井出さん……」

彼の温かさに、心が震えた。

ひどい人だと思ったこともある。

自分の人生を預けてもいいのか……疑心暗鬼(ぎしんあんき)に駆(か)られたこともある。

考えが浅かった。

井出は、ちゃんと自分のことを考えてくれていた。

「この仕事、降りよう」

「え……」

いきなり切り出す井出に、小雪は眼を見開いた。

「怒ってるわけじゃないよ。このまま撮影を続けるには、監督が言うようにもっと役に成り切ることを要求される。つまり、今回の役で言えば、君は竜太君を愛しているわけだから、エッチしているときも、怖々な部分はありながらも幸せにみえなきゃならない。初体験って設定だし、小雪ちゃんはリアルに男性経験がないから、オルガスムスがどういうものかさえもわからないだろう。だけど、撮影を続ける以上、経験がなかろうがなんだろうがリアリティを求められる。監督の言っていることは正論だと思う。医師でなくても医師にみえるように、料理を作ったことがなくても一流のシェフにみえるように演じるのが役者だ……って、いつもの俺なら言うところだ。でも、いまの君にそれを求めるのは酷だ。俺の責任でもあるから、今回の映画を降りても君を責めたりはしないよ」

井出のひと言ひと言に、小雪は頷いた。

井出のひと言が、心を刺した。

「できます……監督の言うとおり、感情を込めた演技をやります。もう何度も同じようなこと言ってて信用してもらえないかもしれませんけど、今度は本当です」

自分の言葉に吐き気がした。

何度、裏切れば気が済むのだろうか？

井出を、そして自分を。

言行不一致（げんこう）——わかっていた。

腹立たしかった——自分自身が。

失望した——自分自身に。

「いや、そんなふうには思ってないよ。田舎から上京した十代の……それも男性経験のないコの初めての現場が過激なベッドシーンだなんて……」

「有言実行します」

小雪は井出の言葉を遮り、席を立った——スタジオに向かった。

「お時間取らせまして、すみません。撮影を再開してください」

「なんだ。もう、戻ってこないかと思ってたよ。俺の場合、仏の顔は二度までだ。三度目はないぞ」

「わかってます。私には、女優しかありませんから」

「わかった。次のテイクは、挿入してるシーンを撮る。ベッドでスタンバイしろ」

「挿入……？」

「挿入だよ、挿入。体験なくても、意味くらいわかるだろう？」

吉武が、シャワーを浴びてこい、とでもいうように軽い口調で言った。

「ちょっと、待ってくださいっ。監督、擬似でいいじゃないですか⁉　ほかの役者さんだって、どんなに過激な濡れ場でも前貼りをしてるんですから！」

井出が、血相を変えて吉武に食ってかかった。

彼がこんなに感情的になるのをみるのは、初めてのことだ。

「言われなくても、知ってるさ。もちろん、前貼りだって用意してるしね。ただささ、彼女、演技できないからガチでやったほうがリアリティが出ると思っただけだよ」

演技できない……。

悔しかったが、いまの小雪には反論することができなかった。

「本番なんかやらなくても、小雪は完璧な演技ができますっ。たとえ監督がなんて言おうと、俺は彼女の女優魂を信用してますから！」

井出が、熱っぽく断言した。

胸の奥が、きゅっと締めつけられた。

優柔不断にこれだけ迷惑をかけた自分を、井出はプロの女優として扱ってくれている。

言葉では言い表せない感動と感謝の気持ちに、小雪の肌は粟立った。

「わかった。井出ちゃんがそこまで言うなら、擬似で行こう」

「ありがとう……」

「ただし、条件がある！」

礼を言おうとする井出を、吉武が鋭く遮った。

「撮影を中断したのは二度目だ。井出ちゃんの顔を立てて、彼女を起用する。だから、彼女の責任は井出ちゃんの責任だ。次のテイクで感じてる表情を含めた演技ができていないと俺が判断したら、今回の作品はなしだ。そうなったら、責任を取って『リップグロス』を辞めてもらう。その条件を呑めるなら、いままでのことは水に流してもいい」

演技がうまくできなかったら、井出が事務所を辞めなければならない……。

そんな大変なことに、井出を巻き込むわけにはいかない。

「わかりました」

井出が、躊躇うことなく即答した。

「井出さん、だめですよ」

小雪は、咄嗟に口を挟んでいた。

「大丈夫だよ。君を信じている。だから、俺が事務所を辞めることはない。だろ?」

井出が、まっすぐに小雪の瞳をみつめてきた。

その瞳からは、自分への信頼が窺えた。

小雪は頷いた。

そう、井出の言う通りだ。

自分が、女優として認められる仕事をすればいいだけの話だ。

「はいはい、『青春ドラマ』はそこまでにして、撮影再開だ。早速、前貼りをつけてもらうから」

　それまで黙っていた吉武が言った。

「前貼りって、なんですか？」

「ベッドシーンのときなんかに役者さんの大事な部分がみえないように隠すやつだよ。敦(あつ)子(こ)さん！」

　吉武が大声で呼ぶと、ショートカットの中年女性がスタジオに現われた。

「彼女は、ウチのヘアメイクさんだ」

「中上(なかがみ)敦子です。よろしくね」

　中年女性——敦子が右手を差し出してきた。

「花崎小雪です。よろしくお願いします」

　小雪は敦子の右手を両手で包み込み頭を下げた。

「更衣室で、前貼りのフィッティング頼むよ」

「了解です。小雪ちゃん、じゃあ、こっちにきて」

　促す敦子の背中に続いた。

「まだ十代でしょう？　前貼りなんて、知らなくて当然よね」

　敦子が、ふくよかな笑顔で言った。

撮影現場に入ってからは緊張の連続だった小雪にとって、敦子は初めてほっとできる存在だった。

「これが、ウチ特製の前貼りよ」

簡易更衣室の前で、敦子がヌーブラによく似たプルプルした手触りの肌色の物体を小雪に手渡してきた。

「特製って、いろいろな種類があるんですか？」

「前貼りっていうのは、これじゃないといけないっていう決まりはないのよ。乱暴な言いかたをすれば、粘着性があってベージュ色で性器が隠れればいいわけ。だから、適当な現場じゃ大判の絆創膏(ばんそうこう)を使っているところもあるんだから。ウチの場合は、粘着性もあって肌に馴染(なじ)むシリコン素材を使っているのよ」

「あ、だから、ヌーブラみたいだと思いました」

「そうね。ウチのはヌーブラに近いわね。つけてあげるから、下着を脱いで」

言いながら、敦子は簡易更衣室に入りカーテンを閉めた。

「教えてもらえれば、自分でやりますから」

「恥ずかしいのはわかるけど、コツがあるのよ。うまく貼らないと、撮影中に剝(は)がれちゃうと大変でしょ？」

敦子の説得力十分の言葉に、小雪は下着を脱いだ。

「中腰になって、がに股になってくれる?」

恥ずかしさから意識を逸らし、腰を落とし太腿を開いた。

敦子が、慣れた手つきで素早く前貼りを陰部に当てた。

ひんやりとした感覚が性器に広がり、小雪は思わず眉間に縦皺を刻んだ。

「ちょっとの間、我慢してね。最初のうちは違和感があるけど、すぐに慣れるから」

敦子が、幼子にそうするように諭し聞かせた。

「後悔してない?」

「え……?」

唐突に訊ねてくる敦子の言葉の意味が、小雪にはわからなかった。

「この撮影のことよ。いまなら、まだ、引き返せるわ」

それまでと打って変わった真剣な眼差しで、敦子が言った。

「どんな事情があるか知らないけど、十代のコがやることじゃない。十何年後かに結婚して子供ができたときに後悔しない生きかたをしないとね。それを選択できるのは、いまだけよ」

敦子が、訴えかけるような表情で小雪をみつめた。

自分のことを心配してくれている彼女の忠告は、素直に心に入ってきた。

しかし、入ってきただけで、心を動かすまでには至らなかった。

なぜなら、敦子以上に自分に人生を懸けてくれている人物を、これ以上、苦しめたくはなかった。

「後悔はしてませんし、これからもしません」

小雪は、強い意志の宿る瞳で敦子をみつめ返した。

だから、私を信じてください。

小雪は、心で井出に語りかけた。

10

竜太が、優しくベッドに小雪を寝かせた。

一糸纏わぬ小雪の全身は、緊張でガチガチに強張っていた。

だが、表情までは強張らないように気をつけた。

カメラが回っている。

これは演技……私は女優。

これは演技……竜太は最愛の男性。

愛し合う恋人同士なら、あたりまえの行為。

物語の中の「小雪」は、竜太に抱かれるのが幸せだった。

「大好きだよ」

竜太が小雪の耳もとで囁き、乳房を円を描くように揉んだ。

さっきまでは、嫌悪に鳥肌が立ち、眉間には縦皺が刻まれていた。

いまも鳥肌は立っているが、眉間に縦皺は刻まなかった。

幸せな表情を作り、うっとりした眼で竜太をみつめた。

竜太の唇が首筋に押しつけられ、じょじょに下がると乳首をふくんだ。

眉間に刻まれそうになる皺——我慢した。

竜太は音を立てて乳首を吸い、舌先で転がし、歯を立てた。

突き飛ばしたかった——我慢した。

竜太の頭が下がった。

小雪の太腿を開き、股間(こかん)に顔を埋めた。

こんなことばかりやるの!?

心の叫びを、口には出さなかった。

前貼りの上からだが、竜太が秘部を舐めているのがわかった。

気を失いそうなほどのショックだった。

叫びそうになる衝動を懸命に堪えた。

感情の赴くままにしていたら、竜太を蹴り飛ばしてしまいそうだった。

さっきまでの自分なら、ここで心が折れていた。

だが、いまは違う。

視界の端――吉武が構えるカメラの背後から、心配そうに撮影の様子をみている井出の姿が入った。

自分のために、クビを懸けてくれた井出に恩返しすると誓っていた。

竜太の頭が上り、小雪の唇を吸った。

小雪は不快感と嫌悪感から逃げ出さず、竜太の背中に腕を回した。

唇を割って入ってくる舌に、ぎこちなく舌を絡ませた。

前貼り越しに、硬いものが押しつけられた。

竜太は前貼りをしておらず、勃起したペニスが小雪の性器に触れていた。

なにもかもが初体験であり、衝撃的な出来事の連続だった。

竜太が腰を前後に動かし始めた。

挿入はしていないが、硬いものが当たっては離れた。

竜太が、ときおり呻き声を上げた。

もちろん演技だ。

小雪も負けてはいられないという気持ちになり、声を出してみた。

セックスの経験がないので喘ぎ声がどんなものかわからなかったが、想像力を働かせた。

看護師でなくても本物の看護師のように。

美容師でなくても本物の美容師のように。

不良でなくても本物の不良のように。

それらと同じことだ。

女優なら、できるはず。

愛する人に抱かれているときにみせる恍惚の表情が。

竜太の腰の動く速度が速くなった——呻き声も大きくなった。

小雪の視界が揺れた。

恥ずかしさを捨てて、微かに声を出した。

眉根を寄せた、テレビで観たことのある顔を真似た。

途切れ途切れの喘ぎ声を真似た。

頭の中が、まっ白に染まった。

無我夢中で、「セックス」を演じた。

竜太の呼吸が荒くなった。

小雪も、呼吸を荒くした。

「う……小雪……行くよ……行くよ……行く……」

腰を打ちつけるようにした竜太は、小雪の上に覆い被さった。

竜太の身体に噴き出した汗が、小雪の身体を不快に濡らした。

突き飛ばしたい気持ちを、グッと堪えた。

小雪は眼を閉じ、時が過ぎるのをひたすら待った。

その間も、竜太は小雪の髪を撫でたり、頬にキスをしていた。

本当の恋人同士なら、凄く幸せを感じる瞬間に違いなかった。

だが、小雪には苦痛でしかなかった。

「カーット!」

吉武の声が、救世主の声に聞こえた。

竜太が身体を起こし、タオルで汗を拭き始めた。

小雪も弾かれたように飛び起き、手早く下着を身につけた。

「いやーよかったよ! やればできるじゃん、小雪ちゃん!」

「ありがとうございます……」

小雪は微笑んでいたが、心にはぽっかりと穴が開いていた。

「今日はここまで。着替えて帰っていいぞ。また、明日、よろしく。お疲れ様！」

「……お疲れ様でした」

小雪は頭を下げ、更衣室に向かった。

「頑張ったな」

更衣室の前に佇(たたず)んでいた井出が、笑顔で出迎えた。

「…………」

無言で小雪は、更衣室に駆け込んだ。

そうしなければ、泣き出してしまいそうだった。

小雪は、床に直(じか)に腰を下ろし、壁に背を預けた。

肌に付着した竜太の唾液や汗を拭い取る気力さえなかった。

小雪は放心状態で、宙に視線を泳がせた。

思考力が、まるで壊死(えし)したように働かなかった。

そう、記憶を抹殺するとでもいうように。

だが、わかっていた。

この傷口は、一生、癒(い)えることがないことを。

誰かが言った。

自分が受け入れないかぎり、それは真実ではないと……。
受け入れなければ、なにも起こらなかったことにできるのかもしれない。

ノックの音が響き渡った。
声を出すのも億劫(おっくう)だった。
ふたたび、ノックの音。
こんな時間に、誰だろう?
母が帰ってきたのか?
それとも姉か?
いまは、どちらとも話したくはなかった。
「小雪、入ってもいいか?」
男の声……母でも姉でもない。
「着替え中か?」
いったい、誰だろう?
もしかしたなら、強盗かもしれない?
居留守(いるす)を使うことに決めた。
ドアの開く音。

強盗が入ってくる……声が出ない。
いや、出さないだけだ。
殺されるのなら、それもいいのかもしれない。
それまでの運命というだけの話だ。

運命……人間は、なんのために生まれてくるのだろうか？
神は魂の修行のために、敢えてつらい試練を与えたりするのか？
神は乗り越えられない試練を与えたりしないと人はいう。
だとしたら、苦痛に耐え切れずに自殺してしまう人がいるのはなぜだろう？
自殺したら地獄に堕ちると人はいう。
人間界での修行を放棄した罪らしい。
すべてを赦しなさい。そして受け入れなさい。どんな人でも愛しなさい。
それが、神の教えではないのか？
神は、存在自体が「愛」なのではないのか？

「大丈夫か？」
男が、小雪の顔を覗き込んでいる。

拳銃もナイフも持っていない。

女なら、武器などなくても簡単に殺せる自信があるのだろう。

「小雪、聞こえてるか？」

小雪？

いったい、誰のことを呼んでいるのか？

「小雪!?」

男が肩を摑み、前後に揺すった。

男の手は、次に首に伸びてくるに違いない。

しかし、わからないのは、彼の瞳の優しさ——強盗の瞳にはみえなかった。

「どうしたんだ!? 僕のことがわからないのか!?」

男が、悲痛な表情で訴えかけてきた。

脳の奥で金属音が鳴った。

小雪は耳を塞ぎ、きつく眼を閉じた。

頭蓋骨が割れそうなひどい頭痛に襲われた。

身体に、腕を回された。

驚いた小雪は、眼を見開いた。

「ごめん……俺のせいで……ごめんな……ごめん……」

男……井出が、小雪を抱き締めながら何度も囁いた。

第二章

1

8の字に腰をグラインドさせながら、小雪は恍惚の表情で喘ぎ声を出した。

男優は、顔をしかめ絶頂に達するのを堪えていた。

男優——幸治は二十三歳の新人で、ＡＶ業界に入ってまだ一ヶ月だ。

——幸治は早漏気味だから、ペース配分頼むな。

新作の撮影の打ち合わせの際に、監督の吉武から言われたことを小雪は思い出しながら腰の動きをスローにした。

これまでに十タイトルを出している小雪だったが、女優よりも遥かに男優のほうがハードな仕事だということを知った。

男優は射精をコントロールできるくらいでなくては務まらない。

挿入して二、三分で果ててしまうようでは、撮影が成り立たない。

いまはインターネットでもアダルト動画が氾濫しており、視聴者の眼も肥えている。ひと昔前のように、擬似セックスで女優がわざとらしくよがってみせてもすぐに見抜かれてしまう。

ただでさえＤＶＤが売れなくなっている時代なので、どこのメーカーも作品のクオリティをあげることに心血を注いでいる。

ルックス、プロポーション——女優の質が求められるのは当然だが、それだけではない。

男優のセックススキルと持久力が、作品の成否を決めると言っても過言ではなかった。

早漏も問題だが、さらに深刻なのは不能になることだ。

極度の緊張や動揺で、男優が勃起せずに撮影を中断するのは珍しくはなかった。

女優もスタッフも撮影再開を待っている中で、男優には焦りが加わり余計に勃起しづらくなるという悪循環に陥ってしまう。

それだけハードな環境で酷使されているにもかかわらず、男優のギャラは一部の大物を除いて女優の数十分の一という場合が多い。

ＡＶ女優とセックスできて金まで貰える夢のような仕事――甘い考えで男優志願してくる者のほとんどは二回目の現場に顔を出すことはない。

「いい……いい……いいっ……」

絶頂へと上り詰める声を上げながら、小雪は身体を弓なりに反らした。

半開きに開いた唇、上気した頰、潤んだ瞳、脇腹にうっすらと浮いた肋、腰をふるたびに揺れる乳房と盛り上がる臀部――小雪の脳内のスクリーンには、まるで俯瞰でみているようにカメラに映っている自分の姿が鮮明に映し出されていた。

こうやって、「魅せる演技」ができるようになったのは、四作品目あたりからだった。デビューから三作品目くらいまでは無我夢中で、自分がどう映っているかなど考えている余裕などなかった。

小雪は、崩れ落ちるように男優の胸に覆い被さり荒い息を吐いた。

息が乱れているのは本当だが、感じてはいない。

男優が新人でテクニックがないというのが理由ではなく、どんなにベテランの男優でセックススキルがあったとしてもそれは同じだ。

二十人以上の男優と絡んできたが、感じるどころか濡れさえしないので、小雪は現場に自分専用のローションを持ち込んでいた。

「はいっ、カーット！」

吉武の声が響き渡ると、女性マネージャーの愛美が駆け寄ってきて小雪にガウンを羽織らせた。

「美冬ちゃん、相変わらず最高だったよ。今回の作品もヒット間違いなしだね」

吉武が、媚びた笑顔で美冬……小雪のことを持ち上げた。

一年前と比べたら、別人のようだった。

「次の撮影は週明けになるから、井出ちゃんに連絡入れておくので、よろしくね」

「わかりました」

小雪は無表情に言うと、更衣室に向かった。

慌てて、愛美が追いかけた。

更衣室に入るとまずは洗面所の前に立った。

愛美がマグカップに水を注ぎ、口内洗浄液を垂らすと小雪に差し出してきた。

小雪は無言で受け取ると、うがいを繰り返した。

フェラチオのシーンがあった撮影後は、とくに入念にうがいをする。

「このあとは？」

うがいを終えて除菌用のウエットティッシュで身体を拭いつつ、小雪は訊ねた。

「三時から渋谷のスタジオで『実話芸能』のグラビア撮影と、五時からテレビ関東の『テイッシュナイト』の収録、八時からは丸角実業の専務との会食が……」

「あ、会食は行かないから」

小雪は、愛美を遮り言った。

「え……でも、丸角実業さんは大手パチンコグループで大切なクライアントですから……」

「エロいのよ、あのオヤジ。ＡＶ嬢はいつでも誰とでも寝ると思ってるタイプよ。反吐が出るわ。断って」

小雪は、吐き捨てるように言った。

「私の判断では無理なので、チーフに訊いてみます」

困惑した顔で、愛美が携帯電話を取り出し、番号ボタンをプッシュした。

ウエットティッシュで「肉体洗浄」を終えた小雪は、衣服を身につけソファに座るとメンソール煙草をくわえ火をつけた。

煙草を覚えたのは、半年前からだ。

――私を、騙したんですか!?
一年前――１stＤＶＤのパッケージを井出の顔前に突きつけながら小雪は詰め寄った。

竹花美冬18歳　アイドル顔負けの純情可憐な美少女が、ＡＶ女優として衝撃デビュー！

小雪は、パッケージに躍るキャッチコピーを眼にしたときに、自分がやっていた撮影がＶシネマではなくアダルトビデオだということを知った。

——すまなかった！

井出は、小雪の足もとに土下座した。

——君の夢を叶えるために、君を騙してしまった……。

——私の夢を叶えるためって……どういうことなんですか！

——女優で成功するのは、君が思っている以上に大変なことだ。だけど、少し回り道をするだけで、その夢は簡単に叶うって自信が僕にはあった。君くらいのビジュアルと清楚さがあれば、ＡＶ界での成功は間違いない。すぐにトップスターになり、こっちから頭を下げても見向きもしなかったプロデューサー連中がガラッと態度を変えてくる。普通なら十年かかるところが一年で大スターになれるんだ！

井出が、懸命に訴えた。

――こんな恥ずかしい姿で有名になんて、なりたくありません！

小雪は、涙声で絶叫した。

――恥ずかしいのは、最初のうちだけだ。有名になったきっかけがAVでも、ドラマや映画にガンガン露出しているうちに、みな、君をみる眼が変わってくる。有名になればもちろん、AVは辞める。だから、君が昔AVをやっていたって記憶はみなの頭から薄れてゆく。

――いやです！　絶対に私、AV女優なんてなりません！

――一年だけ、我慢してくれないか⁉　一年後には、君が売れっ子になっていることを約束するから！

――でも！

――小雪……僕と一緒に、「夢」を追ってくれないか⁉

「美冬さん、真沙子さんです」

愛美が、遠慮がちに携帯電話を差し出してきた。

『美冬？　あなた、丸角の専務さんとの会食に出ないって、どういうつもりなの？』

携帯電話を耳に当てるなり、受話口から真沙子の咎めるような声が流れてきた。

「気分が乗らないんです」

『気分ってね、これは、仕事よ⁉』

「だったら、仕事辞めましょうか？」

冷めた口調で、小雪は言った。

『ちょ、ちょっと……待って。なにを言い出す……』

「冗談です。でも、会食は出ません。じゃあ、次がありますから」

抑揚のない口調で一方的に言うと、小雪は通話ボタンを切り、携帯電話を愛美に渡し、腰を上げた。

更衣室を出る小雪に、小走りで愛美が続いた。

「美冬ちゃん、お疲れ様！　あのさ、次の作品もできれば俺が撮りたいんだけど、指名してもらえるかな？　美冬ちゃんの作品は出せばベストセラーだからさ」

吉武が、手をすり合わせながら愛想笑いで近づいてきた。

吉武の言うとおり、竹花美冬の新作は、出るたびに、売り上げ一位を記録した。

人気AV女優ランキングでも、デビュー以来常に一位をキープし、深夜のバラエティ番組のレギュラーも三本になっていた。

DVD映画のオファーも殺到し、既に二本の作品の撮影を終えていた。

ゴールデン帯のドラマや全国ロードショーの映画の出演オファーこそないものの、いまや小雪はそこらのグラビアアイドルより遥かに知名度があった。

「私が決めることじゃないので、事務所に訊いてください」

平板な口調で、小雪は言った。

「わかった。そうするよ。でも、ほんと、変わったよね。デビュー当時の美冬ちゃんが嘘みたいだよ」

感慨深げに、吉武が言った。

「あなたもね」

冷え冷えとした眼で吉武を一瞥し、小雪はスタジオをあとにした。

外に出た瞬間、鼓膜を刺すような蟬の鳴き声と肌を焼く陽射しが降り注いだ。

気温が三十度を超える猛暑続きの日が続いていた。

だが、どれだけの強い陽射しを浴びても、小雪の凍えた心を溶かすことはできなかった。

2

「さあ、美冬ちゃんがビキニ姿になってしまったー！　丸重&美冬ちゃんペアは絶体絶命のピンチです！　たいする速水&ミムちゃんペアはまだ一度も負けてないので、ミムちゃんは一枚も脱いでません。四連敗を喫している丸重、もし五連敗ということになれば美冬ちゃんは水着の上下のどちらかを脱がなければなりません！」

ＭＣの「ビーフジャーキー」が、興奮気味に声を張り上げた。

テレビ東都の深夜バラエティの収録。

人気芸人コンビが二チームに分かれ、ラウンドごとに様々なゲームを競い合う。

負けたほうの芸人のパートナーは、ペナルティとして一枚ずつ服を脱がなければならない。

ちなみに一ラウンドはイントロ当てクイズ、二ラウンドはビーチフラッグ、三ラウンドがＵＦＯキャッチャー、四ラウンドは叩いて被ってジャンケンポンで、小雪のパートナーの丸重は全敗している。

「次のラウンド、第五ラウンドは、腕相撲対決です。ミムちゃん、美冬ちゃん、それぞれのパートナーにエールを送ってください」

「ビーフジャーキー」が、特設ステージに立つミムにマイクを向けた。

「速水さーん、次も勝ってくれたら、ミム、好きになっちゃう」

ミムが、色っぽい声で言った。

「ええなー！」

「速水より俺のほうがえぇでー」

「ミムちゃ〜ん、こっち向いてぇ〜」

雛壇に座る芸人達が、ガヤを飛ばしてきた。

マイクが、小雪の前に差し出された。

「逆転勝ちしたら、丸重さんだけに水着の下を見せてあ・げ・る」

小雪は、丸重をみつめながら意味深に言った。

「丸重！　わかってるやろうな⁉」

「空気読めよ、お前！」

「勝ったら全芸人を敵に回すで！」

芸人達が、丸重に負けろというプレッシャーをかけてきている。

「さあ、『両選手』、こちらにきてください」

「ビーフジャーキー」が、丸重と速水をアームレスリング専用のテーブルに促した。

「はい、ロックして。用意はいいですか⁉」

　丸重と速水が、手を絡み合わせた。

「頑張れ速水ー！」

「速水っ、俺らから愉しみ奪うなよ！」

「丸重ーっ、マジ、空気読めよ！」

「間違っても、勝ったらあかんで！」

　芸人達のガヤがヒートアップしてきた。

　小雪は掌を重ね、祈りのポーズをした。

　ここで丸重はあっさり負け、小雪は水着の上を外して手ブラになる。

　台本に書いてあることだ。

　そう、結果は既に決められていた。

　もちろん、このスタジオにいる出演者もすべて知っている。

　懸命にガヤを飛ばす雛壇の芸人達を心で嗤った。

　睨み合う丸重と速水を心で嗤った。

　丸重の勝利を祈る自分を心で嗤った。

　くだらない茶番――茶番を演じている自分を嗤った。

　――ごめんね、今回のゲーム、美冬ちゃんチームに負けてほしいんだよね。ミムちゃんはまだ知名度が低いからさ。負けて脱いでも影響力ないからさ。その点、人気絶頂の美冬ちゃんが脱いだら、視聴率がボーンと跳ね上がること間違いなしなんだ。

本番前の打ち合わせで、小雪の控室を訪れたディレクターが申し訳なさそうに言った。

——テレビで脱ぐってことですか?

不快感を声音に含ませ、小雪は訊ねた。

アダルトビデオでは全裸で男優と絡んでいるとは言え、テレビで肌を晒すのが平気なわけではない。

また、AV嬢だからといって、簡単に脱ぐと思われたくもなかった。

——いや、脱ぐって言っても、水着の上だけ取って手ブラみたいな感じで十分だから。お願いできるかな?

お願いと言ってはいるが、それくらいできるだろう? というディレクターの心の声が聞こえてくるようだった。

小雪は、「ヤラセ」を引き受けた。

気は進まなかったが、井出のために受けた。

自分が騙されてアダルトビデオに出演させられたとわかっても「リップグロス」を辞めなかったのは、井出の存在があるからだった。

「速水の勝ちー！　丸重、悪夢の五連敗ー！　美冬ちゃん、ブラを取ってくださーい！」

「ビーフジャーキー」の声が、脱ぐのを煽るようなアップテンポのダンスミュージックに呑み込まれた。

アシスタントの女性ふたりがビーチタオルを手に駆け寄り、タオルのパーティションで小雪を囲った。

「丸重ーっ、よーやった！」

「タオルなんていらんいらん！」

「ポーローリ！　ポーローリ！　ポーローリ！」

雛壇芸人が、ハイテンションでガヤを飛ばしてくる。

いくら演出とはいえ下品なシチュエーションに、小雪は怒りを覚えた。

恥辱から眼を逸らし、小雪は微笑んだ。

ダンスミュージックのリズムに乗りながら身体を揺らし、小雪は背中に腕を回し、水着のフックを外した。

「ポーローリ！　ポーローリ！　ポーローリ！　ポーローリ！　ポーローリ！　ポーローリ！　ポーローリ！」

雛壇芸人の合唱が勢いを増した。

小雪は乳房を腕で隠すと、アシスタントの女性に目顔で合図した。

次の瞬間、周囲を覆っていたビーチタオルが取り払われた。

「腕取って！　腕取って！　腕取って！　腕取って！　腕取って！　腕取って！　腕取って！　腕取って！　腕取って！」

ヒートアップする雛壇芸人の手拍子と合唱に、小雪は照れ笑いしながら首を横に振った。

いったい、なにをやってるんだろう？

自分が目指してきたものって……。

小雪は、奥歯を噛み締めた。

悔し涙が、零れ落ちてしまわないように。

☆　☆

「お疲れ様でした！」

控室の近くで待っていたＡＤの女性が、小雪の姿を認め、弾かれたように頭を下げた。

小雪は無表情に頷き、控室に入った。

「凄く、盛り上がりましたね！」

マネージャーの愛美が、笑顔で声をかけてきた。

小雪は無言でドレッサーの椅子に腰を下ろし、宙に手を翳した。

「最近、本数が増えているから身体に気をつけてくださいね」

言いながら、愛美が小雪の指先に煙草を挟んだ。

「そのときはそのときよ」

素っ気なく言い、小雪は煙草に火をつけると紫煙を肺奥深くに吸い込んだ。

「でも、やっぱり美冬さんの人気って凄いですね。芸人さん達もあんなに……」

「そりゃ、若いコが裸になれば喜ぶでしょ。あなたが脱いだって、盛り上がるわよ」

小雪は、糸のように細い煙を吐き出しながら言った。

「ほんと、美冬さんって、冷めてますよね。昔から、そうなんですか？」

愛美が、興味津々の顔を向けてきた。

三ヶ月前から小雪のマネージャーをやっている愛美がなにも知らないのも無理はなかった。

冷めているどころか、感情豊かなまっすぐな少女だった。

――一年だけ、我慢してくれないか⁉ 一年後には、君が売れっ子になっていることを約束するから！ 小雪……僕と一緒に、「夢」を追ってくれないか⁉

井出の願いに応えるために、小雪は喜怒哀楽を封印した。

眼を閉じ、耳を塞ぎ、口を噤み……駆け抜けてきた一年間だった。

人気、金、立場……この一年で、様々なものを得た。

笑顔、家族、心……この一年で、様々なものを失った。

後悔はなかった……映画やドラマの主人公なら、そう言うのかもしれない。

だが、現実は違う。

街を歩けば、竹花美冬を知っている男性から好奇の眼でみられる。

小雪が有名になるということは、セックスをしているところをそれだけ多くの人間が観ていることになる。

三万本のＤＶＤが売れれば、三万人が小雪の裸を観ていることになる。

この仕事を始めてから、カフェに入ってお茶をしていても、コンビニで買い物をしていても、公園を散策していても、居合わせる人、通り過ぎる人がみな、心で嘲っているような気がしてならなかった。

家族とは、二度めの上京をしてから一度も連絡を取っていなかった。

小雪がＡＶ嬢になっていることを、母や姉が知っているかどうか知らない。

もし、知っていたとしたら……真実を聞くのが怖かった。

上京するときに、家出同然で飛び出してきたとはいえ、時が経てば解決したに違いない。

だが、アダルトビデオに出演しているとなると絶縁状態になるだろう。

無理もなかった。

ただでさえ田舎は、噂が広まるのが早い。

娘が見知らぬ男性とセックスする仕事……親として、これ以上の恥はない。

「そんなことより、このあと、スケジュールはどうなってるの？」

「今日は、これで終わりです」

愛美が言い終わらないうちに小雪は煙草を消し、腰を上げた。

「あ、荷物をまとめるので、ちょっと待ってください……」

「地下駐車場でしょ？　先に行ってるから」

言いながら、小雪は控室を出た。

仕事が終われば、一秒でも早くこんなところを出て行きたかった。

☆　　☆

小雪専用のヴェルファイアが、薄暗い地下駐車場に蹲っていた。

歩み寄ろうとしたとき、背後からクラクションが鳴らされた。

振り返った小雪の視線の先――漆黒のフェラーリの運転席の窓から、井出が顔を出していた。

「乗れよ」

井出が、助手席のドアを開けた。

小雪は、無言で車に乗り込んだ。

「食事に行こうか。肉、寿司、中華、イタリアン……なにがいい？　愛美には、あとから連絡入れておくから先に行こう」

井出がアクセルを踏んだ。

野獣の咆哮のような排気音を轟かせ、フェラーリが地下駐車場から飛び出した。

「お腹減ってないから、家に送って」

小雪は、正面を向いたまま言った。

「ご機嫌斜めだな。なにかあったのか?」

「もう、テレビのバラエティには出たくないわ」

小雪は、抑揚のない口調で切り出した。

「どうして? テレビは影響力が大きいから、出たほうがいいよ。普通、スポンサーの関係でなかなかAV嬢はテレビに出演できない中で、三本のレギュラー番組まで持たせてもらって光栄なことだよ」

小雪は唇を引き結び、鋭い眼でフロントウインドウをみつめた。

「その眼……つき合い始めの頃を思い出すよ。デビュー作の発売日のこと、覚えてるか?」

井出が、懐かしそうに眼を細めつつ訊ねてきた。

小雪は頷いた。

忘れるはずがない……忘れられるはずがない。

——やっぱり、私、無理です。田舎に帰ります……。

1stDVDが発売された日の夜、小雪は寮の近くのファミリーレストランに井出を呼び出して決意を告げた。

スポーツ新聞や男性誌に掲載されている広告をみた田舎の友人や知人からの電話やメールが小雪のもとに相次いだ。

驚く者、好奇心に満ちた者、哀しむ者、呆れる者、怒りを滲ませる者……リアクションは様々だが、共通しているのは軽蔑や嘲りの感情が窺えたということだった。

――いまさら、田舎に帰ってどうするんだよ？

井出は穏やかな口調で訊ねてきた。

内心、動揺していたはずだが、小雪の神経を逆撫でしないように気遣ったのだろう。

――まだ、決めてません……。

――この前も言ったけど、君は間違いなくAV界でトップスターになる。そうなれば、君の夢だった本物の女優としての成功もみえてくる。俺の言うことを、信じてないのかい？

――信じてます……信じてるから、無理なんです。AV界で有名になればなるほど、みんなが私の裸を観ているっていうことです。裸だけじゃなく……もう、耐えられないんです。

——わかるよ。たしかに、恥ずかしいよね。とくに、家族や友人に君がＡＶに出てるのを知られてしまったら……。

井出が、つらそうに言った。

——でも、いま、田舎に帰ってもなにも解決しないんじゃないかな？　ＤＶＤは発売されるわけだし、田舎に帰ったからってその事実は消えはしないんだよ？

——じゃあ、私に、一生、恥をかいて生きて行けっていうんですか⁉

つい、感情的になった小雪は大声を出し、ほかの客の注目を集めた。

だが、出演しているアダルトビデオを不特定多数の人に観られている羞恥に比べればどうということはなかった。

——そうは言ってないさ。もっと、将来を見据えてほしいんだ。知名度が上がってくれば、それまで馬鹿にしていた人間達も態度を変えてくる。いまは恥だと感じて悩み苦しんでいたことも、いつの日か思い出話になる。小雪ちゃん、この世界、売れた者が勝ちだ。売れれば、数字が取れる存在になる。数字が取れる存在になれれば、トーク番組や情報番組にもお呼びがかかる。そうなれば、文化人扱いだ。もう、誰もＡＶ嬢なんて馬鹿にできない。ここまでくれば、連ドラや全国ロードショーのメインキャストとしてもキャスティングされるだろう。

――夢を追いたい……だけど、あんな映像が世の中に出回るなんて……身体中の細胞が死んでしまうような……そんな気がして……。

小雪は、零れ落ちそうになる涙を堪えた。

涙を流さないことが、これ以上、惨めにならないための小雪のプライドだった。

――俺と一緒に「夢」を追ってほしいって言ったの、覚えてる?

小雪は、奥歯を噛み締め、強い眼光を宿す瞳で井出を睨みつけるようにみつめた。

そうしなければ、泣いてしまいそうだった。

――もし、受け入れてくれるなら、仕事だけじゃなく、花崎小雪の人生も僕にサポートさせてほしい。

——え……。

——俺と、交際してくれないか？

すぐには、井出の言葉の意味が理解できなかった。

しかし、無意識に、小雪は頷いていた。

「AV嬢だからって馬鹿にするような……軽々しく扱うような、そういう演出の番組には一切出たくない。私なりに、いろんなことを諦め、失い、捨てて……犠牲と引き換えに『夢』を摑もうと決意したこと、あなたも知ってるでしょう？」

井出が車を路肩に停め、小雪の顔をまじまじとみつめた。

「小雪、成長したな」

井出が眼を細め、感慨深げに頷いた。

「私は、いまの自分に誇りを持っているの。そう思えるようになったのは、あなたが支えてくれているからよ」

小雪は、それまでの厳しい眼から一転して柔らかな表情を向けた。

「ありがとう……」

井出が、小雪を抱き寄せた。

どれだけ多くの男性に抱かれても……小雪にとって胸が高鳴り、愛しい気持ちになれるのは世界中に井出しかいなかった。

3

井出の唇が、小雪の首筋に触れた。

それだけで、小雪の全身に甘美な電流が走った。

彼の掌が優しく胸を揉み、乳首を吸われると小雪の唇から声が漏れた。

眉間に刻まれた皺も、喘ぎ声も、演技ではなかった。

井出の腕の中でだけは、演技をする必要がなかった。

これまでに、撮影で二十人以上の男性に抱かれてきた。

しかし、どれだけテクニックのある男優に抱かれても、井出のときのように感じることはなかった。

既に小雪の秘部は下着が透けるほどに濡れていた。

撮影中に濡れたことはないので、小雪はいつもローションを使っていた。

デビュー作こそ挿入なしの擬似で撮影していたが、リアリティに欠けるということで井出に説得され、二作目から「本番」で撮影した。

このときはもう井出と肉体関係があり、小雪にとって初体験がアダルトビデオの撮影という最悪の事態は免れた。

擬似であろうとなかろうと、井出以外の男性で感じることはないので演技することに変わりなかった。

「好きだよ、俺の大事な小雪」

井出が耳もとで囁き、小雪の中に入ってきた。

瞬時に、全身が恍惚の海に溺れた。

井出が動くたびに、焼きたてのトーストに載せられたバターのように身体中が蕩けそうになった。

いや、そう、ではなく、蕩けていた。

軋むベッドにバウンドしながら、夢中で井出の背中にしがみついた。

井出が唇を重ね、舌を入れてきた。

小雪は、舌を吸い、絡めた。

「私も……好き……好きっ、好きよ！」

迫りくるオルガスムスにうわずる声で、小雪は叫んだ。

自分でも、信じられないくらいに大きな声だった。

DVDの中の小雪の演技の喘ぎ声の何倍もの声量だった。

自分をありのまま受け入れ、導き、夢を叶えるサポートをしてくれる大切な人……井出は、小雪が初めて愛した男性だった。

井出の腰の動きが速くなった。

荒い息遣い、軋むベッド、飛散する汗——潤む視界が揺れた。

恥骨と恥骨がぶつかり合うたびに、子宮が震えた。

肌を埋め尽くす鳥肌……昂ぶる快感。

「お前だけだ！　お前だけだ！　お前だけだ！」

井出が絶叫した。

視界が白く染まった——小雪の絶頂の喘ぎ声が室内に響き渡った。

隣で仰向けになった井出が、荒い息を吐いた。

小雪は、波打つ井出の胸に顔を埋めた。

たとえようのない安心感に包まれた。

こうして、井出に腕枕をしてもらっているときが一番幸せだった。

小雪が本当の意味で肉体を許したのは、人生で井出ひとりだけだった。

「ねえ、秀ちゃん」

「ん？　なに？」

「私、いつまでいまの仕事を続けるの？」

小雪は、ずっと訊きたかったことを口にした。

「どうして？」

「秀ちゃんさ、一年間、我慢してほしいって言ってたじゃない？　知名度が上がれば、ドラマや映画のオファーもくるし、コメンテーターにもなれるし……そのうち、私がＡＶ嬢だってことも忘れられる日がくるってさ。自分で言うのもなんだけど、もう、十分に知名度上がったと思うんだ。ちょうど、一年経ったしさ」

新作を発売すれば必ず一位を取り、バラエティ番組やイベントにも引っ張りだこだ。

井出の言った通りに、竹花美冬の名前は全国区になった。

この先、新作を出し続ければ売り上げ一位になってもＡＶ嬢として有名になるだけだ。

「そうだね。小雪、頑張ったもんな」

井出が、小雪の頭を撫でながら言った。

「でも、もう少し、頑張ってみる気はない？　それとも、もう耐えられない？」

「うーん、耐えられないとかじゃないけど、これ以上続けたらＡＶ嬢としての印象が強くなって、女優をやって行くのにマイナスになるんじゃないかと思って。テレビにたくさん出てるっていってもエッチなバラエティばっかりだし、イベントも精力剤とかコンドームとか……あ、私、不満を言ってるんじゃないんだよ。ただ、女優になるために始めたＡＶのイメージが強くなり過ぎるんじゃないかって……それが心配なの」

小雪は、思いの丈をぶつけた。

井出のことはビジネスパートナーとして信頼しているし、ひとりの男性として愛している。

見ず知らずの男性とセックスし、それを撮影するというありえない仕事を受け入れたのも井出を信じているからであり、一年間続けてこられたのも彼の支えがあったからだ。

しかし、一流の女優になれなければ自分だけでなく井出の期待も裏切ってしまうことになる。

小雪の「夢」は、井出の「夢」でもあるのだから。

「たしかに、小雪の言う通りだね。女優になるのに、AVのイメージがつき過ぎるのはプラスじゃないからね。だけど、ひとつだけ、君がわかってないことがあるんだ」

「なに?」

「いますぐにAVを辞めて女優に転身しても、脱ぎのオファーしかこないよ。理由は、AV嬢としての竹花美冬がまったく消費されてないからさ」

「消費されてないからって、どういう意味?」

「君は、AV嬢としてまだ人気が上昇中だってことだよ。デビュー一年って言えばまだ新人の部類だし、まだまだ新鮮ってこと。あと何作品か作品を出せば、いい意味で安定期に入る。人気絶頂のうちに引退すれば、業界関係者が自分達のフィールドで脱がせて視聴率や興行収入を上げようとする。つまり、絶頂期に引退したら悪い意味でまだまだ『商売』になるって思われるから、結局、同じような仕事しかこないんだ」

「ようするに、落ち目になってから引退したほうがいいってこと？　見飽きられるまで続けてから引退したほうがいいってこと？」

小雪は、不機嫌な声音で訊ねた。

「違う違う。さっきも言ったけど、安定期だよ。城田美憂は十九歳でデビューして二十二歳で小説家に転身、白石愛莉は二十歳でデビューして二十四歳でアーティストに転身、葉月玲奈は十八歳でデビューして二十歳で女優に転身。彼女達三人に共通しているのは、時代は違うけどそれぞれトップのAV女優だったっていうことと、安定期に入ってから引退して別世界に挑戦したっていうこと。だから、みな、それなりに成功をおさめている」

「葉月玲奈さんって、AV女優だったの!?」

驚きに眼を見開く小雪に、井出が頷いてみせた。

葉月玲奈は三十半ばの中堅女優で、二時間サスペンスドラマなどの常連だ。

彼女が女優という認識はあったが、まさかアダルトビデオに出演していたとは知らなかった。

「二年間、トップクラスで活躍しての引退だからどこに行ってもいい扱いしてくれたし、脱ぎのオファーはほとんどこなかったそうだよ。いろいろ前振りが長くなったけどさ、小雪に言いたいのは、もっと箔をつけてから転身したほうが女優としていいオファーがくるってことだよ。だからって、だらだら続けるのは君の言うようにイメージがついちゃうから、どでかい打ち上げ花火のように派手に活躍してパッと転身するほうがいい」

もっと箔をつけてから転身したほうが……。

どでかい打ち上げ花火のように派手に活躍して……。

小雪は、井出の言葉を心で反芻した。

たしかに、そうなのかもしれない。

人気があるといっても、まだここ一年の話だ。

スポーツの世界では二年目のジンクス、芸人の世界では一発屋というものがあるように、少し活躍したからと安心はできない。

井出の言うように、女優に転身するまでにもっと実績を作らなければならない。

「秀ちゃんの言うこと、よくわかったわ。もっと実績つけなきゃだね。ごめんなさい、なにもわからないのにえらそうなこと言っちゃって」

小雪は、笑顔で詫びた。

「俺のほうこそ、つらい仕事させてごめんな。女優に転身したときに、もう、二度と君が脱がなくてもいいように、いまが辛抱の時なんだ。俺も、大好きな恋人がほかの男とエッチしてるなんて、本当はいやで仕方ない……だけど、君の『夢』のため、君とともにつらさを共有していこうって心に決めたのさ」

井出が、小雪の髪の毛を優しく撫でつつ言った。

「秀ちゃん……」

小雪は涙ぐみ、嗚咽が込み上げた。

彼もいやだったと聞いて、とても嬉しかった。

自分が撮影とはいえ男優とセックスしていることを井出がどう思っているのかが、ずっと気になっていたのだ。

そして、小雪の「夢」のために己の感情を殺してくれているという気持ちも……。

「俺らの『夢』のため、お互い、頑張ろうね」

微笑みかける井出に頷いた小雪は、彼の胸に顔を埋めた。

4

井出が運転する黒のフェラーリは重厚なエンジン音を轟かせながら、渋谷の桜ヶ丘の住宅街に入った。

デビュー作が大ヒットした祝いにと、事務所が新しいマンションを借りてくれた。最初に与えられていた寮はワンルームだったが、引っ越したマンションは新築の2LDKのスペースがあり、家賃は二十万だった。

風呂の湯張りができたら音声で教えてくれたり、蛇口が通常のもの以外に浄水専用のものがあったり、部屋の電灯が蛍光灯ではなく埋め込み式のダウンライトだったり……ドラマの中の生活で芸能人が住んでいるようなお洒落な空間は小雪にとってカルチャーショックの連続だった。

「ここでいいわ。誰かにみられたらまずいから」

自宅のマンションまで二、三十メートルといったところで、小雪は運転席の井出に言った。

マンションの前に、写真週刊誌のカメラマンが張り込んでいるかもしれない。

事務所のスタッフなので自宅まで送ってもらっても不自然ではないが、実際のふたりは男女関係になっているので、雰囲気でバレそうな気がするのだ。

それに、スタッフに送ってもらっている車がフェラーリでは説得力に欠ける。

女優に転身する前の大事な時期に、スキャンダルを起こすわけにはいかない。

ただでさえ色眼鏡でみられがちな仕事なのに、ただの男好きな女だと思われてしまう。

井出とそういう関係になったのは、彼の誠実で温かい人柄が伝わったからだ。

小雪にとって井出は初恋の相手であり、純愛だった。

「わかった。じゃあ、明日、握手会、頑張ってな」

「うん、ありがとう」

小雪は笑顔を返し、車を降りた。

爽快(そうかい)な気分だった。

井出と気持ちを確かめ合え、明日からの仕事の原動力となった。

――清流も濁流も、海に続いている。もしかしたなら、いま君が泳いでいる川は濁(にご)っているかもしれないけど、海に合流してしまえば同じだよ。肝心(かんじん)なのは、諦めずに泳ぎ続けて、海に辿(たど)り着くということだと俺は思う。

腕枕の中で井出が言ってくれた言葉が、心に染(し)み渡った。

井出の言う通りなのかもしれない。

その花の咲く地に行く道程(みちのり)が、平坦(へいたん)でまっすぐばかりとはかぎらない。

山を越えなければならない道もあるかもしれない、川を渡らなければならない道もあるかもしれない、毒蛇がうようよしている道なのかもしれない……でも、歩くことさえ諦めなければ、必ず花の咲く地に到達することができる。

彼が自分の「夢」を理解してくれ、支えてくれている。

それだけで小雪は、どんな困難も乗り越えてゆける。

小雪は、自宅マンションのエントランス前で佇むふたつの人影に足を止めた。

「お疲れ様です。お留守だったので、ここで待ってました」

困惑した表情の愛美の背後に立つ女性……姉、幸美の姿に小雪は息を呑んだ。

「あなた、どうしてここを教えたのよ⁉」

混乱する小雪は、愛美を問い詰めた。

「すみません、事務所でお待ちくださいと言ったんですが……」

「私に連絡もなしで勝手なことを……」

「家族に自宅も教えられないような仕事なら、警察に相談するって私が言ったのよ」

小雪の叱責を遮った幸美が、前に歩み出てきた。

「そんな……」

「驚くのは、私達のほうよ。話があってきたの。部屋に入れなさい」

幸美が、有無を言わせない口調で命じた。

避けては通れない道——いつかは、こうなる日がくると恐れていた。

小雪は重い足取りでエントランスに入った。

☆　☆

「こんな広いとこ、誰にお金を出してもらってるの⁉」

部屋に入るなり、咎める口調で幸美が訊ねてきた。

「会社の寮よ」

「こんな豪華な寮があるわけないでしょ⁉」

部屋の隅々にまで視線を巡らせつつ、幸美が言った。

男性の痕跡がないかをチェックしているのだろう。

週に二、三回井出が泊まりにくるが、不定期に社長の抜き打ちがあるらしいので、彼の持ち物は置かないようにしていた。

ふたりの関係は、事務所にも内密だった。

過去にも、男性スタッフと女優が男女関係になったことがあるらしい。

そのときは、男性スタッフだけが解雇されたらしい。

会社への売り上げ貢献を考えれば、そうなるのも無理のない話だ。

小雪は、万が一、事務所にバレて井出がクビにでもなったら、ＡＶ女優を続けてはゆけない。

「あるんだから仕方ないでしょ。とにかく、落ち着かないから座ってよ」

詮索するような視線をそこここに巡らす幸美を、リビングのソファに促した。

十畳のリビングと八畳の寝室にシステムキッチン――幸美が、男性に金を出してもらっているのではないかと疑う気持ちはわからないでもない。

幸美が自分を訪ねて上京してきた理由は、訊かなくてもわかっていた。

地方の小さなＤＶＤショップにも竹花美冬の商品は置いてあり、また、インターネットのダウンロード販売というものもある。

テレビのバラエティ番組や雑誌、スポーツ新聞にも露出しており、山籠もりの生活でもしていないかぎり気づかないほうがおかしい。

幸美が「リップグロス」の住所を知ったのも、ＤＶＤに書かれている販売元の情報をみたに違いない。

当然、娘がＡＶ女優になったことを両親も知っているだろうし、家族会議を開いた末に幸美が「事情聴取」をすることになったのだろう。

気になるのは、両親や幸美がＤＶＤを鑑賞したのかどうかだが、もちろん、怖くて訊けない。

恐らく観てはいないと思うが、パッケージに男優と絡んでいるシーンのスチールが印刷されているので、家族に与えるショックは同じだ。

「どうしてこういうことになったのか……どうしてこんな淫らな仕事をやることになったのか、きちんと説明してちょうだい」

幸美の声は上ずっていた。

それは妹にたいしての怒りかもしれないし、情けなさかもしれない。

「女優になるために、必要なステップなの」

小雪は幸美の隣に腰を下ろし、敢えてビジネスライクに言った。

なにをどう説明したところでＡＶをやっていることを幸美に納得させる自信はないし、小雪も、納得させようという気はなかった。

もし、自分が逆の立場でも、絶対に賛成はしない。

小雪の場合、井出という人生を預けられるほどの人間に出会ったという特殊な事情がＡＶ女優になることに踏み切らせた決め手だったが、それも口にする気はなかった。

言ったところで、理解してもらえるとは思えない。

だからこそ、デビューして一年以上が過ぎても実家と連絡を取っていなかったのだ。

「女優になるための必要なステップですって!?　小雪、あなた、自分でなにを言ってるかわかってるの!?　見知らぬ男の人といやらしいことをしているビデオを撮ることのどこが、女優になるために必要だっていうの!?」

小雪のほうに身体を向けた幸美が、感情的に捲くし立ててきた。

「姉さん達には、わからないわ」

「わからなくて結構よっ。あんな破廉恥なことをやっているあなたのどこを理解しろっていうのよ⁉　いい？　あなたのいやらしいビデオのせいで、父さんと母さんが地元でどれだけ肩身の狭い思いしてるか知ってるの⁉　淫乱女とか、恥を知れとか、男好きとか、家の壁に落書きされたり貼り紙されたり……。近所からは白い眼でみられるし、東京はどうだか知らないけど田舎は狭いからあっという間に噂が広がって、毎日が針の筵なんだから！」

迷惑をかけているだろうとは思っていたが、具体的に話を聞くと罪悪感の波が押し寄せてきた。

「母さんね……いま、鬱になって通院してるのよ！」

「え……」

眼を真っ赤に充血させた幸美の言葉に、小雪は絶句した。

5

「母さんが、鬱に……？」

小雪は、掠れた声で幸美に訊ね返した。

娘が見知らぬ男性とセックスをする仕事をしているとなれば、親がかなりのショックを受けるだろうことは容易(ようい)に想像がついた。

しかし、心に病(やまい)を患(わずら)い通院するほどとは思わなかった。

「そうよ。あなたがＡＶ嬢になったと知ってからの母さんは、無口で塞(ふさ)ぎ込むようになって、家から一歩も出なくなったの。あの人の娘はアダルトビデオに出てるのよ、親はどういうつもりなんでしょうね？　近所の住民は母さんの姿をみるたびに、ひそひそ話をする。そりゃあ、外に出たくなくなる気持ちはわかるわ。私だって、友達や知り合いに興味本位にいろんなことを言われたもの。母さんからしたら、あなたは宝であり夢なのよ。どれだけ苦労して、育ててきたと思ってるの？」

幸美が言葉を重ねるたびに、小雪の罪悪感が悲鳴を上げた。

「母さんや姉さんに迷惑をかけていることは、悪いと思ってるわ。だけど、私の人生だから」

小雪は、幸美を見据えてきっぱりと言った。

あえて、強気に言い切った。

そうでなければ、良心の呵責(かしゃく)に押し潰(つぶ)されてしまいそうだった。

「そうね。たしかに、あなたの人生よね。でも、自分の人生だったら、なにをやってもいいってわけじゃないでしょう？　将来、あなたの娘が、親に内緒でＡＶ女優になっていたら？　いきなり、見知らぬ男優と破廉恥なことをしているビデオを観てしまったら？　それでもあなたは娘にたいしてなにひとつ言わずに許せるの？」

幸美が、厳しい視線を向けてきた。

「それは……」

言葉を、返すことができなかった。

まだ十九の小雪には、娘ができたときの母親としての実感は想像できない。

だが、娘がAV女優になったときのショックと混乱は想像できる。

許せるか？　と訊かれれば、許せると言える自信はなかった。

いまの自分がやっているようなことを娘がやりたいと言ってきたら、なんと答えるだろうか？

「娘がAV女優になりたいって言い出すなら、まだましよ」

「え……？」

小雪は、幸美の言っている意味がわからず首を傾げた。

「売れれば売れるほど、世の中にあなたの作品が増えるのよ。子供の学校のクラスメイトがそのことを知ったら？　お前の母さん、いやらしいビデオに出てるんだってな？　って、イジめられたら？　あなたは、子供になんて説明するの？　母さんの人生だから、別にいいでしょ？　そう言うわけ？」

幸美の言葉が、小雪の良心を滅多刺しにした。

耳を塞ぎたかった。

AV嬢としてやってゆくと決意した瞬間から無意識に避けてきたこと——考えないようにしてきたこと。

それが、そう遠くない将来に生まれるだろう「我が子」のことだった。

子供を産んだ経験はなくても、母親がAV嬢であることがどれだけの苦痛や恥辱を与えるかくらいはわかる。

自分の母親がもしAV嬢だったら……と考えるだけで血の気が引き眩暈に襲われてしまう。

母親が男優のモノを口に含み、また、秘部を舐められる。

様々な体位で男優と絡み、艶っぽい喘ぎ声を出す。

そんな母親の破廉恥極まりない映像をみたら、正気を保てる自信がなかった。

しかもそれを、クラスメイトや親戚に知られたら……そのことで冷やかされたりイジめられたなら、自殺さえ考えてしまうかもしれなかった。

「いまならまだ遅くない、とは言わないわ。正直、あなたのやったことは消えないし、生涯消えない傷として残るでしょうね。だけど、これ以上、傷口を広げないことはできるわ。被害を最小限に留めるってことよ」

「被害……」

小雪は、虚ろな顔で呟いた。

「そうよ。小雪。あなたがやったことは、家族に被害を与えたの。冷静になって考えれば、それくらいわかるでしょう？　いますぐAV女優を辞めて私と一緒に田舎に帰るなら、あなたのやったことを許すわ」

幸美が、小雪に厳しい表情で二者択一を迫ってきた。

たしかに、幸美の言うとおりだ。

やってしまったことは消えない。

インターネットで竹花美冬を検索すれば、百万件以上はヒットする。

引退してもなくなりはしないだろう。

小雪がAV嬢だったという事実を完全に消すことができなくても、人々の記憶から忘れさせることはできる。

しかし、この先も作品を出し続ければ、過去を封印することは不可能になってしまう。

「姉さんの言うことはわかる。迷惑をかけたことは、本当に悪いと思っている。でも、私は……私は、犯罪者じゃない！」

心の叫びを、幸美にぶつけた。

「そんなこと、わかってるわ。あなたは、罪を犯してはいない。だけど、世の中の人達の視線はどうかしら？　みんなが、あなたをどんな眼でみているのか考えたことある？　小雪がどんなに、その……あの……私は、そんな人間じゃないって訴えても、耳を傾けてくれる人はほとんどいないのよ」

幸美が、言葉を選びながら諭してきた。

「そんな人間」——セックスが好きな女。誰とでも寝る女。金のためならなんでもする女。

周囲の人間が、自分のことをそういう眼でみているだろうことは感じる。

『美冬ちゃん、俺のもしゃぶってよ』

『顔にぶっかけたいな』

『今度、3Pしようよ』

『いくら払ったらやらせてくれんの？』

『やりたくなったら俺が相手してあげるから、メッセージちょうだい』

ブログには、日に数十件は卑猥なコメントが入れられた。

もちろん、その数十倍の応援コメントも寄せられている。

だが、たとえひとりでも自分をそうみている人間がいるという事実がショックだった。

『私は、一部の心ない方がコメントしているような理由でこのお仕事をしているわけではありません

理解して頂けない方は、私のブログにこないでください』

最初の頃は、馬鹿正直にブログ上で反論し、気持ちをわかってもらおうとしていた。

『じゃあ、どういう理由でAVなんかやってるんだよ?』

『なにかっこつけてんだ? 普通の子は、知らない男とセックスなんてやらないんだよ』

『カメラの前で、よくそんなことできるな?』

『家族がかわいそー』

『なにを正当化しても、いろんな男のちんぽをまんこにくわえこんでいるのは事実』

『女優ぶってんじゃねえよ。エッチと金が大好きな淫乱金の亡者女のくせに!』

『将来、生まれてくる予定のお前の子供に同情ーっ』

小雪の考えは甘く、反論コメントを掲載した日のうちに、百件以上の中傷コメントが入れられた。

——もう、ブログなんて書きたくありません。

小雪は、井出にブログの閉鎖を訴えた。

井出は連日、誹謗中傷(ひぼうちゅうしょう)コメントの削除に追われているので小雪の申し出をすぐに受け入れてくれると思っていた。

しかし、井出の口から出てきた言葉は意外なものだった。

——おめでとう。よかったな。

笑顔で祝福の言葉をかけてくる井出に、小雪は耳を疑った。

——なにがおめでたいんですか⁉　私は真剣に相談しているので、真面目(まじめ)に答えてください！

小雪は、強い口調で抗議した。

——僕も真剣に答えているよ。悪口を書かれるということは、それだけ君が有名になった証拠なんだ。有名な野球チームを叩くアンチ、有名な作家を叩くアンチ、有名な歌手を叩くアンチ……有名だから叩けば話題になるし注目される。叩くほうも、無名な人間は相手にしない。数百万部の大ベストセラーを生み出した人気作家でも、インターネットの掲示板では百を超える中傷スレッドが立っている。でも、千部くらいしか売れないマイナー作家には、たったひとつのスレッドも立たない。僕は、決して慰めを言ってるんじゃないよ。叩かれるのは、人気のバロメーターなんだ。一番よくないのは、悪口さえも言われなくスルーされる存在さ。それに、君の悪口を言う人の数十倍のファンがブログが更新されるのを愉しみに待ってるんだよ。数十個のリンゴが腐ったからって、同じカゴに入っている数百個の新鮮なリンゴも捨ててしまうのかい？　小雪ちゃんがやろうとしていることは、それと同じさ。

井出の言葉に、小雪は冷水を浴びせかけられたような気分になった。

たしかに、数十件の中傷コメントが入っているのと同時に数百件の応援コメントが入っている。

小雪を悪く言う人の数十倍の人達が温かいコメントで励ましてくれている。

この日を境に、ＡＶ女優という仕事にたいして「腹を括る」ことができた。

カフェでお茶しているとき、コンビニエンスストアで買い物をしているとき、レンタルDVDショップでDVDを選んでいるとき……ひそひそ声の悪口が耳に入ってきても、嘲りと好奇の入り混じった視線を向けられても、前向きに捉えることができるようになった。

しかし、幸美の「苦言」は小雪の心にふたたび迷いを生じさせた。

姉の言葉だから……というわけではない。

母を病に追い込んだという罪の意識、未来の子供の人生にたいしての不安……。

これまで、将来について考えることと言えば、芸能界で成功したい、トップ女優になりたいという自分の「夢」ばかり。

「夢」を叶えるためになったAV女優で、家族を地獄に叩き落としてしまった。

将来の家族を救うためには……幸美の言うとおりにするべきではないのか？

「さあ、荷造りして。事務所の人には、あとで私のほうから連絡しておくからなにも心配しないでいいわ」

幸美は言うと、ソファから腰を上げた。

「少し、考えさせて」

「なにを考えることがあるわけ？　AV女優を続けるか辞めるかのふたつにひとつ……迷うことなんてないでしょう？」

「お世話になった人もいるし、そんなに単純な話じゃないの」

小雪の頭の中は、井出のことで一杯だった。

井出からは、多くのことを学んだ。

彼がいたから、どんなつらいことでも乗り越えられた。

ひとりの人間として、井出を尊敬していた。

それに、いまはかけがえのない最愛の恋人だ。

勝手な一存で、すべてを投げ出すわけにはいかない。

「お世話になった人ですって⁉　あなたにこんな破廉恥なことをさせるような、ろくでもない人間に気を使う必要なんてこれっぽっちもないわ」

「井出さんのことを、そんなふうに言わないで。彼は、私の恩人なの」

「あなた、どこまで馬鹿なの！　少女を騙してアダルトビデオに出演させる人間が恩人なわけないでしょう⁉　その井出って男を訴えてやりたいくらいだわ！」

幸美が、ヒステリックに叫んだ。

「姉さん、そんなふうに言うのはやめて」

「いいえ、やめないわっ。少女を騙していやらしい仕事をやらせるためにいい人を演じているのがわからないの⁉　あなた以外にも同じことばかり言って、女を誑かしているのよっ。最低のヒモ男だわ！」

「私のことはなにを言っても構わないけど……」

小雪はすっくと立ち上がり、幸美と対峙した。

「彼のことを悪く言うのは、絶対に許さない」

小雪は怒りの宿る瞳で、幸美を見据えながら言った。

幸美は、小雪の勢いに圧倒され表情を失っていた。

「今週中に結論を出すから。とにかく今日は帰って」

小雪は一方的に言うと幸美に背を向け窓際に行った。

カーテンを開けた。

窓越しにみえる空は、いまの小雪の心のように深い闇に染まっていた。

6

「携帯電話での写真撮影は、ご遠慮くださーい」

「撮影の時間は設けますから、いまはだめですよー!」

複数のメーカースタッフが、会場内でスマートフォンを構えるファンに注意を促して回っている。

三百人収容の秋葉原のイベントホールは、熱気で溢れ返っていた。

新作DVDの発売記念イベント——小雪の前には、DVDを手にしたファンが長蛇の列をなしていた。

DVDを購入すれば整理券がもらえ、握手とサインをしてもらえるというシステムになっている。

ひとりで十枚以上購入する熱心なファンもいる。

「い、いつも、応援してますっ。こ、これからも、頑張ってください！」

「デ……デビューのときから美冬さんひと筋です！　だ、大好きですっ」

「握手してもらえるなんて……夢みたいです」

誰も彼もが、頬を紅潮させ、声をうわずらせていた。

掌に汗をかいている者もいれば、震えている者もいる。

みな、ほんの十数秒の間に、小雪の姿を瞳に焼きつけようとしてくれている。

「新潟からきました。今日のために、バイトも休みました」

二十代半ばの長髪の男性が、声を弾ませながら言った。

「新潟から！　そんなに遠くから、ありがとうございます！」

小雪は満面の笑みを返し、長髪の男性の手を両手で包んだ。

「あの、新潟にきたときには、駅ビルに『乙女の滴』って居酒屋があって、僕はそこでバイトしてる……」

「すみません、あとの方がつかえていますので、お進みください」

小雪の脇に立つ井出が、長髪の男性の話を遮り腰を押した。

「またきたよ」

「広島カープ」の帽子を被り、度の強い眼鏡をかけた肥満気味の中年男性が、馴れ馴れしい感じで話しかけてきた。

「島やんさん、いつもありがとうございます！」

島やん……島内は、小雪のデビューイベント以降、一度も欠かさずに参加している熱狂的なファンだ。

井出が、さりげなく小雪に寄り添った。

熱狂的なファンは、裏を返せばストーカーの資質を持つファンだ。

島内は、小雪のブログに一日十件以上のコメントを入れ、ツイッターも五分以内にリツイートしてくる。

記念日に関係なく、「リップグロス」にはピアスや下着など頻繁に島内からのプレゼントが届く。

そのすべては事務所で処理するので、小雪の手もとに届くことはない。

下着や洋服に精子をつけたり、ぬいぐるみに盗聴器を仕掛けたりする変質的なファンもいる、というのがプレゼントを処理する理由だった。

同じ事務所の別のコは握手会の際に、掌に生温い違和感を覚えて確認したら精子が付着していたという。

つまり、ファンが握手の前に自らのものを擦りつけていたのだ。

いまのところ、島内がそういう問題行為をしたわけではないが、事務所側は要注意人物として警戒している。

「これ、プレゼント。ここにくるときに、かわいいバッグみつけたから。ピンク、好きな色だよね？」

顔中に汗の玉を浮かせ、島内が紙袋からベビーピンクのトートバッグを取り出した。

「え？　いいんですか⁉　ありがとうございます！」

歓喜の声をあげる小雪は、島内の湿った手を握った。

「大事に使ってね」

「はい、もちろんです！」

小雪の胸に、罪悪感が広がった。

「では、こちらでお預かりします」

井出が、小雪からバッグを回収した。

この後、井出の手によってバッグは捨てられる運命だ。

「そういえば、美冬ちゃん、最近、ちょっと痩せ過ぎじゃない？　新作でさ、肋骨が目立って痛々しい……」

「次の方がお待ちなので、お進みください」

井出が、いつものように島内を遮り前進を促した。

不服そうに唇を尖らせつつも、島内が足を踏み出した。

島内をはじめとするファンは、自分の横についているスタッフが恋人とは夢にも思っていないに違いない。

今回のイベントのために、地方から上京した徹夜組もいるらしい。

自分に会うために……本当に、ありがたい話だった。

だが、ファンが温かく応援してくれればくれるほど、小雪は気分が滅入った。

――なにを考えることがあるわけ？　AV女優を続けるか辞めるかのふたつにひとつ……迷うことなんてないでしょう？

鼓膜に蘇る幸美の声が、小雪の心をさらに暗鬱にした。

AV嬢を続けるか辞めるか……幸美に出した返答の期限は明日まで。

井出には、なにも相談していなかった……というより、できなかった。

姉の言うことはもっともで、小雪には反論の余地はない。

しかし、井出にも恩がある。

たしかに、AV嬢になるきっかけを作ったのは井出だ。

井出との出会いがなければ、家族を苦しめたりすることもなかった。

けれど、決めたのは自分だ。

それに井出は、二十四時間、三百六十五日のほとんどを自分のために捧(ささ)げてくれている。

AV嬢という職業が世間で白い眼でみられていたとしても、井出が小雪にかけてくれた労力に偽(いつわ)りはない。

――売れれば売れるほど、世の中にあなたの作品が増えるのよ。子供の学校のクラスメイトがそのことを知ったら？　お前の母さん、いやらしいビデオに出てるんだってな？　って、イジめられたら？　あなたは、子供になんて説明するの？　母さんの人生だから、別にいいでしょ？　そう言うわけ？

ふたたび、幸美の言葉が罪悪感の破片となって小雪の心に突き刺さった。

「はい、では、前半の部は、これで終了となりまーす」

メーカーの女性スタッフのマイクに乗った声で、小雪は現実に引き戻された。

「ちょっと、話があるの」

椅子から腰を上げた小雪は、井出の耳もとで囁くと楽屋へと続く通路に向かった。

☆　☆

焼肉弁当、幕の内弁当、カツサンド……小雪の昼食用に用意された弁当やサンドイッチは手がつけられないまま長机に並べられていた。

小雪は、ミネラルウォーターのペットボトルを傾けていた。

いまは正午を少し過ぎたところで、二部のイベントが始まるのは午後一時からだ。

今日は朝からトースト一枚しか食べていなかったが、空腹は感じなかった。

これから、井出に切り出さなければならない話を考えると、食欲など涌かなかった。

小雪は、眼を閉じ気を静めた。

壁掛け時計の針が時を刻む音が、やけに大きく聞こえた。

幸美が現われてからの一週間、寝ても覚めてもＡＶ女優を続けるか引退かを考えていた。

ＡＶ女優に未練があるわけではなかった。

幸美が突きつけてきた条件には、実家に帰るということが含まれていた。

それは即ち、芸能界の引退を意味する。

一流女優となるために、人前で肌を晒すことを決意した。

どれだけ非難を浴びても、嘲りの眼でみられても、夢を達成するためと割り切った。

女優の道をも諦めなければならないとなれば、なんのためにAV女優になったのかの意味がなくなってしまう。

「あれ？　まだ食べてないのか？」

楽屋に入ってきた井出が、手のつけられていない弁当類を見渡しながら訊ねてきた。

「ええ、お腹減ってないから」

「そっか。食いしん坊の小雪が、珍しいな。熱でもあるのか？」

からかうように言いながら、井出が隣に座り小雪の額に手を当てた。

いつもなら、子供扱いされて嬉しいところだが、いまはそんな気分になれなかった。

「ううん、大丈夫」

小雪は、なかなか本題を切り出せずにいた。

「なんか、話があるんじゃなかったっけ？」

井出が、思い出してきたように訊ねてきた。

「ん？　ああ、私ね……」

小雪は言い淀んだ。

「……やっぱり、いいや」

「なんだよ、途中まで言いかけてさ。もやもやするから、最後まで言ってくれよ」

微笑んではいたが、井出の瞳には微(かす)かに不安のいろが浮かんでいた。

その顔をみていると、とてもではないがＡＶ女優を辞めたいとは言い出せなかった。

「本当にいいの。たいしたことじゃないからさ。トイレ行ってくるね」

小雪は、嘘を吐いていることに耐え切れず逃げるように席を立った。

「君がそうしたいなら、いいよ」

唐突に井出が言った。

瞬間、彼がなにを言っているのか理解できなかった。

「この仕事、辞めたいんだろう？」

小雪は、踏み出しかけた足を止めた。

「どうして……わかったの？」

喉(のど)から剝(は)がれ落ちたような乾燥した声で、小雪は訊ねた。

「わかるさ。小雪のことは、なんでも。お姉ちゃんと会ってからの君は、ずっと様子がおかしかったからね」

「ごめん……」

小雪は呟くように言うと、うなだれた。

「謝ることはないさ」

井出が、優しく微笑みながら立ち上がり小雪に歩み寄った。

「だって、私は井出さんを裏切ろうとしてるのよ？　上京して、右も左もわからない私を導き、支えてくれたあなたを……」

込み上げる嗚咽に、言葉の続きが溶けてゆく。

「裏切るなんて、とんでもない。俺は、君の才能に惚れ込んだ。だから、声をかけた。トップ女優になれる可能性を、ひしひしと感じた。絶対に彼女をプロデュースしたい……そう思った。手段としてＡＶ女優を最初にやることになったけど、君の『夢』を叶えることができるという自信はあった。ビジネスパートナーとしてだけではなくプライベートでもパートナーになり、君との関係はより深まった。小雪には、本当に感謝してる」

井出のみつめてくる瞳が、小雪の心を揺さぶった。

「怒ってないの？」

「まさか。どうして、怒るんだよ」

「私の勝手で……」

小雪は、きつく眼を閉じ、奥歯を噛み締めた。

そうしなければ、涙が溢れ出してしまいそうだった。

「もう、言わないでいいよ」

井出が、優しく小雪を抱き寄せた。

「……止めないの？」

どこまでも寛容な井出に、寂しさが込み上げた。

なんてわがままなの？


自責の声がした。

井出に甘え過ぎている——わかっていた。

わかっていたが、小雪にとって井出は特別な存在だった。

彼になら、わがままになってもいい。

彼になら、感情をぶつけてもいい。

彼になら、矛盾したことを言ってもいい。

家族も含めて素のままの自分を百パーセント預けられる存在は、井出が初めてだった。

「俺の想いを通せば、君を苦しめてしまう……」

つらそうな井出の声が、小雪の胸の扉をノックした。

「それでも、通してほしい……」

小雪は、彼の背中に回した腕に力を込めた。

沈黙が続いた。

一分、二分……静寂（せいじゃく）が、小雪を不安にさせた。

俺のそばにいてほしい……引き止めてほしいと願う自分がいた。

井出と、離れたくなかった。

彼のいない空間……時間を過ごしている自分の姿が想像できなかった。

振り向けば、いつだって彼はいてくれた。

歩けなくなったら、いつだって彼は手を引いてくれた。

落ち込んだら、いつだって彼は励ましてくれた。

哀しんだら、いつだって彼は笑わせてくれた。

彼は大空のように、小雪を見守ってくれた。

彼は太陽のように、小雪に情熱を注いでくれた。

彼は月のように、小雪を慰めてくれた。

いまの小雪には、井出は肉体の一部……命だった。

そんな井出と別れるなど、本当にできるのか？

「単なるふたりの問題だけだったら、もちろん自分を通すさ。だけど、ＡＶ女優という仕事が絡んでいる以上、それはできない。家族の人が心配しているように、リスクを背負ってしまう仕事……だから、君の意志がなければ続けられはしない。いや、続けてはいけないんだ」

ひと言、ひと言、噛み締めるように……まるで自分に言い聞かせるように、井出が力強く言った。

小雪の華奢な身体を抱き締める彼の腕から、葛藤が伝わってきた。

「じゃあ、私がいなくなっても、平気っていうこと?」

自らが決意したことなのに、受け入れてくれた井出に拗ねている自分——矛盾にも、ほどがあった。

「君の人生だから、俺が平気かどうかの問題じゃない」

井出の言葉に、突き放されたような気分になった。

「どうして、そんな冷たいこと言うの?」

井出は答えず、小雪に背を向けドアに向かった。

「ねえっ、本当に別れても平気なの!?」

小雪が叫ぶと、井出の足が止まった。

「黙ってないで、答え……」

振り返った井出の濡れた頬をみて、小雪は息を呑んだ。

「ああ、平気だ」

懸命に泣くのを我慢し平静を装おうとする井出の顔が、涙で滲んだ。

☆　☆

井出が出て行った楽屋で、椅子に座った小雪は掌の中の携帯電話をみつめていた。

交際を始めて約一年、彼の涙を初めてみた。


——将来ママになったときのことを考えると、僕の「夢」を貫くわけにはいかない。

君のことを大切に思ってるからこそ……僕はいないほうがいいのかなって……ね。


つい十数分前の井出を思い出しただけで、涙が込み上げた。

冷たいことを言っていたのも、すべては小雪の立場を察してのこと……彼なりの、愛の形だったのだ。

大きく息を吐き、小雪は携帯電話のリダイヤルボタンを押した。

『いつ帰ってくるの？』

三回目のコール音が途切れ、電話に出るなり幸美が訊ねてきた。

「お姉ちゃん、お母さんに伝えてほしいことがあるの」

『なに？』

「あなたの娘……花崎小雪は、一年前に死にました」

小雪は深呼吸し、押し殺した声で言った。

『ちょっと！　あなた、自分でなにを言っているのかわかって……』

小雪は、携帯電話の電源を切った。

わかってるわ。私は、AV女優であったことを恥じない生きかたをしてみせる。

漆黒に染まる液晶ディスプレイに映る自分に、小雪は誓った。

第三章

「どうだい？　兄さんのときより、気持ちいいだろう？」

興奮に上ずった声で囁きながら、新人男優の卓也が小雪の陰部に人差し指と中指を出し入れした。

眉間に縦皺を刻んだ表情で小雪は、首を横に振った。

義弟に犯される兄嫁——苦悶の表情で恥辱に耐えるヒロイン。

スタッフからみたら、いつも通りに小雪が好演しているふうにみえるだろう。

「無理すんなよ。義姉さんのここ、びしょびしょになってるくせにさ」

サディスティックに言うと口角を吊り上げ、卓也は抜き差しする指のスピードを上げた。

「いや……」

苦痛の表情で、小雪は押し殺した声を絞り出した。

いまの小雪は、なにひとつ演技していない。

「おまんこ感じるって、言ってみろよ？　あ？　卓也君のカチカチのちんぽぶち込んでほしいって、言ってみろよ？」

「言えないわ……」

「言わないと、義姉さんの好きなぶっといやつ、ぶち込んであげないよ」

下卑た笑いを浮かべ、卓也がさらに指の動きを速くした。

「やめて！　カメラ止めて！」

小雪は卓也の身体を押し返し、上半身を起こすと、カメラマンに命じた。

瞬時に、スタジオが緊張感で張り詰めた。

突然のことに卓也は、困惑した表情で固まっていた。

それは、スタッフも同じだった。

「美冬ちゃん、どうしたの？」

監督の園川の怖々とした声が、重苦しい沈黙を破った。

百キロを超す巨漢に坊主に口髭――ほかの現場ではコワモテで通る園川も、小雪の前では形無しだった。

「どうしたじゃないわよ！　このコの指が痛くて、演技なんてできないわっ」

デビューして三年目――いまでは、小雪が敬語を使うスタッフはどこの現場にもいない。

十八歳で彗星の如くデビューした清楚な期待の大型新人は、二十一歳になり「女王」と呼ばれる立場になっていた。

年間ＤＶＤ売り上げ三年連続一位……現役のＡＶ女優の中で、竹花美冬は間違いなくナンバー１だった。

小雪が現場に現われると、スタジオの空気が明らかに変わる。

若手の男優は、共演相手が小雪と聞いただけで緊張のあまり本番で勃起しなくなってしまう。

だから、小雪の現場では、「勃起待ち」という笑えないロスタイムがある。

一度男優が不能になってしまったら、手を使っても口を使っても、なにを試みても無駄だ。

男優がそうなってしまうのはメンタルの問題なので、とにもかくにも緊張を解くのが最優先だ。

撮影を中断して十五分くらい休めばほとんどの男優が復帰できるが、中には、「復活」するのに二、三時間かかる場合も珍しくはない。

それなりの場数を踏んできたので、いまでは、少し接しただけで時間がかかりそうな男優かそうでないかわかるようになった。

ロングタイムになりそうだと判断したときは、控室に戻り、仮眠を取るようにしていた。

「なるほど……美冬ちゃん、ごめんね。おい、卓也、美冬ちゃんに謝れ！」

小雪にたいしてとは一変した鬼の形相を、園川は卓也に向けて怒鳴った。

「す……すみませんでした……」

卓也が、蚊の鳴くような声で言いながら、頭を下げた。

つい数十秒前までは猛々しく反り返っていたペニスは、見る影もなく萎れていた。

卓也は年は小雪と同じ二十一歳だが、男優歴一年の新人なので立場はかなり下だ。

もともと、ＡＶ業界では女優のほうが立場が上とされている。

しかも、トップのＡＶ女優と新人のＡＶ男優なのでなおさらだ。

「激しくすればいいと思ってない？　ベテランの男優さんは同じようにやっているようにみえて、ちゃんと加減してるんだから。傷ついて雑菌が入ったら、どうするの⁉　仕事を休まなければならないし、あなたに責任取れるわけ⁉」

小雪は、厳しく卓也に詰め寄った。

言い過ぎているのはわかっていたが、いらいらがおさまらなかった。

「まあまあ、美冬ちゃん、あんまり追い込んじゃうと卓也が使い物にならなくなるからさ。このへんで、許してあげてよ」

「このくらいで使い物にならないなんて、プロじゃないわ」

小雪は、吐き捨てるように言った。

「男は女と違ってデリケートで弱い生き物だからね。もうちょっと、優しくしてあげてよ」

「ふざけないで！　私、帰るわっ」

小雪は、監督に怒声を浴びせるとバスタオルを身体に巻いて立ち上がった。

「待ってよ、美冬ちゃん。どうしたのさ、そんなにいらついて。なにかあったの？」

慌てふためいた園川が、小雪の腕を摑んで引き止めた。

「なにもないわっ。とにかく、いったん、休憩にして。どうせ、彼もすぐには無理なんだから」

小雪は、卓也を一瞥すると園川の返事を待たずにスタジオをあとにした。

「あれっ、もう終わりですか？」

スタジオの外で電話をかけていた愛美が、怪訝な表情を向けてきた。

「部長は？」

愛美の質問に答えず、小雪は訊ねた。

一年前に、井出は部長に昇格していた。

「あ……さあ、私はちょっと……」

愛美が、言葉を濁した。

彼女は正直なマネージャーで、嘘を吐くと瞳が泳ぐのですぐにわかる。

「また、ラブのところね」

小雪の声は、怒りに震えていた。

園川の言うように、小雪は神経がささくれ立っていた。

それは、昨日今日の話ではなく、この半年……ラブが「リップグロス」に所属してから
ずっとだった。

美冬に続く新世代エース　ラブ　衝撃デビュー！

十年に一度の大型新人　ラブ　デビューDVD売り上げ1位！

業界激震！　十八歳のロリエロエンジェル　ラブ！

ラブが所属してからというもの、「リップグロス」のプロモーションはラブ一色に染まった。

——どうして、事務所はあのコばかり推すわけ？　「リップグロス」に一番貢献してる

のは私でしょ⁉ 私は、エースじゃないの⁉

あからさまな「ラブ推し」に、小雪は井出に抗議した。

——もちろん、君がウチのエースに決まってるだろう? 最大の功労者だしね。

——だったら、ラブより私を大きく扱ってよ。

——プロモーションっていうのは、知名度の低いコにやるものなんだ。ラブは新人だから、宣伝しないと誰も知らない。でも、竹花美冬は、知らない人を探すほうが大変なくらいだ。だから、君よりラブを推しているわけじゃないよ。それに、僕と小雪の関係でそんなことするわけないだろう?

井出に抱き締められながら甘く諭され、一時は納得した。

たしかに、いまの小雪は宣伝してもしなくても、DVDは同じように売れる。

であれば、大金をかけてプロモーションする意味がない。

納得したはずだった。

「どうですかね……ラブちゃんの現場とは聞いてないんですが……」

愛美が、しどろもどろに言った。

小雪と井出が交際していることは、愛美も知っていた。

「リップグロス」ではスタッフと女優の恋愛は禁止されているので、公言はしていない。いわば、暗黙(あんもく)の了解というやつだ。

「気なんて使わないで！　私は、真実が知りたいだけなのっ」

「ラブちゃんの現場かどうかはわからないんですけど、部長はいま宇田川スタジオにいます」

「宇田川スタジオ!?　目と鼻の先じゃない！」

小雪は素頓狂(すっとんきょう)な声を上げると、エレベータに早足で向かった。

「あ……どこに行くんですか？」

愛美が慌てて、エレベータに乗り込んできた。

「部長のとこに決まってるじゃない」

「え!?　撮影中に抜け出すの、まずいですよ」

「歩いて五分もかからないんだから、大丈夫よ。すぐ戻ればいいんでしょ！」

小雪は、殴(なぐ)りつけるように1のボタンを押した。

距離にして百メートルも離れていないスタジオにいながら、小雪の撮影現場には顔を出さないという事実が、怒りを増幅させた。

愛美は濁しているが、井出はラブの撮影に立ち会っているに違いない。

エレベータの扉が開いた瞬間、小雪は駆け出した。

「待ってください！　やっぱり、無断で抜け出すのはまずいですよっ」

必死に追い縋る愛美が、小雪の正面に回り込み、行く手を遮った。

「あなたが気にしてるのは監督じゃなくて、私とラブが鉢合わせになることでしょ⁉」

「え……いえ……私は……」

ふたたび、愛美の瞳が泳いだ。

「どいて！」

小雪は愛美を押し退け、センター街の人いきれに溶け込んだ。

☆　　☆

「宇田川スタジオ」の鉄製のドアの前で、小雪は携帯電話を耳に当てていた。

コール音が、不快に鼓膜に絡みつく。

五回、六回……回数を重ねるたびに、不快指数が上昇した。

若さと媚を売るのだけが取り柄の小娘につきっきりの井出の姿が眼に浮かぶ。

『ごめんごめん、会議中でなかなか電話が取れなくて』

いつにも増して優しい彼が、残酷だった。

「いまどこにいるの？」

小雪は、明るい声音(こわね)で訊ねた。

心では祈っていた。

真実を語ってくれることを……。

『新宿のメーカーさんのところだよ』

なんの躊躇(ためら)いもなく、井出が言った。

祈りは、通じなかった。

井出は、嘘を吐いている。

しかも、罪悪感の欠片(かけら)もなく……。

「新宿のメーカー？」

訊ねながら、小雪は重々しい鉄製の扉を開いた。

スタジオの隅(すみ)でヘアメイクに髪の毛をセットしてもらっていたラブが、小雪をみて眼を見開いた。

『ああ、東口の「サンシャイン企画」って君も知ってるだろう？』

井出は、五、六メートル後ろにいる小雪に気づきもせずに嘘を並べ立てていた。

現場のスタッフ達が、異様な光景にざわめき立った。

「ええ、知ってるわ。でも、ここは新宿の『サンシャイン企画』じゃなくて渋谷の『宇田川スタジオ』よ」

小雪が言った瞬間、弾かれたように井出が振り返った。

「小雪……どうして、ここに?」

井出の顔は、強張っていた。

「それは、私のセリフよ。どうして、新宿にいるなんて嘘を吐くの?」

小雪は腕を組み、厳しい表情で詰め寄った。

スタッフが、好奇の視線を向けてきた。

「おいおい、ここは撮影現場だぞ? そういった話なら、あとにしてくれないか?」

平静を装っているが、井出の額にはびっしりと汗が噴き出していた。

「関係ないわ。早く、質問に答えて」

井出の顔が強張り、汗が首筋まで濡らしていた。

無理もない。

このシチュエーションは、どこからみても痴話喧嘩だ。

撮影スタッフはもちろん、とくにラブには知られたくない事実に違いない。

「僕達の関係、バレてしまうだろ?」

井出が耳もとで囁いた。

「それでもいいわ」

「ちょっと……」

血相を変えた井出が、小雪の腕を引き、スタジオの外に連れ出した。

「小雪、みんなのみている前で、いったい、どういうつもりなんだ⁉」

廊下に出たとたん、井出が険しい表情で問い詰めてきた。

「私達の関係がバレること、そんなに困るの？」

「社内恋愛は禁止されているのは、君も知っているだろう？」

「そうじゃなくて、ラブに知られたくないだけでしょう⁉」

「そんなわけ、ないだろう」

井出は笑い飛ばしてみせたが、頬の筋肉が強張っていた。

「私が、わからないとでも？　あなたが、ラブに夢中になってることを」

自分で口に出していながら、腸が煮えくり返る思いだった。

「おいおい、勘弁してくれよ。ラブはタレントじゃないか？」

「私には手をつけたじゃない」

「手をつけたなんて……ひどい言いかただな。それに、君は特別だ。ほかのタレントとは違うよ」

井出が、小雪の両肩に手を置き、瞳をまっすぐにみつめながら言った。

不安になったり疑心が芽生えたことは、これまでにも何度かあった。

そのたびに、井出の瞳が救ってくれた。

小雪にとって井出にたいしての最大の疑問は、最初から騙してAV嬢にするつもりだったのか、ということだ。

トップ女優になりたいという自分の気持ちを利用されたのかもしれない。

一年、二年……いつまでも女優の仕事を取ってきてくれない井出に疑心が募った。

――もっと知名度を高めてからのほうが女優として成功しやすいから。

一年目――井出の言葉を、疑いなく信じた。

――君のDVDは、まだまだセールスが伸び続けている。ここまでやってきたんだ。もう少し、頑張ってみよう。

二年目――不安がなかったと言えば嘘になるが、井出への信頼が勝っていた。

――デビューして三年間、ずっとトップを張り続けているなんて凄いことだよ。ありがたいよね、ファンの存在って。いま、君がAV界を引退したら、ファンは失望するだろうな。なあ、小雪。いまの君の知名度があれば、いつでも女優に転向できる。だからさ、もう少しだけ、これまで応援してくれたファンに恩返ししてみないか？


三年目――小雪は悟った。

井出には、自分を女優にする気はないことを。

だが、井出を問い詰めることはしなかった。

その頃から小雪は、井出との結婚を考え始めていた。

女優の夢を諦めたわけではない。

ただ、優先順位を変えただけだ。

小雪には、女優以上の「夢」ができた。

井出の子供を産む……それが新たな「夢」だった。

できるところまでいまの仕事を続け、引退後はマスコミに公表せずに井出と籍を入れる。

女優デビューするのは、子供の手が離れてからでも遅くはない。

ブランクがあったほうが話題性があり、かえって売れるかもしれない。

小雪の変化で一番大きいのは、十代のときほど女優に固執しなくなったということだ。

それは、井出の存在が大きかった。

　だからこそ、彼のラブへの執心（しゅうしん）ぶりは許せなかった。

「私が特別なら、どうしてラブの現場にばかり付くの？　しかも、嘘まで吐いてさ……疚（やま）しい気持ちがあるからでしょう⁉」

　小雪は、肩に置かれた井出の腕を払った。

「正直、疚しい気持ちはある。でもそれは、ラブと妙な関係だからとかじゃない。ウチのエースであり恋人である君以外のタレントの現場に付くってことにたいして、後ろめたさを感じるってことだよ」

　井出が、切々と訴（うった）えてきた。

　彼の言葉を……瞳を信じたかった。

　これまでは、無条件に信じてきた。

　これからも、そうでありたい。

　そのためには、井出に決断させなければならないことがあった。

「信じてほしいなら……ラブをクビにして」

　小雪は、井出を見据（みす）え、きっぱり言った。

「え……冗談だろ⁉」

「冗談じゃなく、本気よ」

　小雪の言葉に、井出の作り笑いが凍（い）てついた。

「待ってくれよ、小雪。自分がなにを言ってるのか、わかってる？　ラブはウチの期待の新人だし、それに、『リップグロス』は僕の会社じゃないから、タレントをクビにする権限なんてないよ」

「だったら、私が辞めるわ。社長にそう掛け合えば、私を選ぶはずよ」

小雪は腕を組み、血の気を失う井出の出方を待った。

「落ち着いて、冷静に聞いてほしい。いいかい？　君とラブの二者択一なら、会社は君を取るだろう。でも、それは、そうしなければならない理由がある場合の話だ。今回は、僕とラブの間になにかあるんじゃないかという、君の誤解に過ぎない。会社にしたら、ナンバー1と2のふたりが揃っていたほうがいいに決まってるだろう？　ね？　馬鹿なことを言わないで……」

「誤解かどうかは、あなたがあのコをクビにするかどうかでわかるわ」

井出の言葉を遮り、小雪は言った。

疚しい関係でないにしても、小雪のためにラブをクビにする。

結果的に騙された形でAV嬢になったことを井出への愛と引き換えに受け入れた自分には、それくらいのわがままを言う権利はあるはずだ。

「小雪、そんな無茶を……」

「はっきり言えばいいじゃないですか？」

弾かれたように振り返った視線の先――スタジオのドアを背にした、素肌にバスローブを羽織ったラブの姿があった。

「な、なにやってるんだ？　ス、スタジオに戻りなさいっ」

狼狽した井出の様子が、小雪の疑心を膨らませた。

「元カノの命令に従って今カノのクビを切る気はないってさ」

薄ら笑いを浮かべながら言うラブの声に、瞬間、息が止まった。

「お……おいっ、でたらめを言うんじゃない！」

慌てふためいた井出が、ラブのもとに駆け寄り、スタジオに戻そうとした。

「言ってやりなよ！　あんたは毛深くて剃り跡がザラザラしてるから、エッチのときにあそこに擦れてヒリヒリするってさ」

口角を吊り上げ、ラブが怪鳥の鳴き声のようにけたたましく笑った。

――剃り跡にクリームを塗るなりしてケアしないとな。裸をみせる仕事なんだからね。

真紅に染まる脳内に蘇る井出のアドバイスが、ラブの言葉がでたらめではないと裏づけた。

「お前、なにわけのわからないことを言ってるんだ！　そんな嘘を……」

「あれも言えば？　イクときの声が大き過ぎるから、中で萎えそうになるって」

ラブの声が聞こえなくなった。

代わりに、耳障りな高周波の電波音が鼓膜の中で響き渡った。

電波音が、どんどん大きくなる、大きくなる、大きくなる……。

電波音と思っていたのは、自分の奇声だった。

視界の端で、景色が物凄い勢いで流れた。

眼を見開く井出の顔が通り過ぎ、目尻を吊り上げたラブの顔が現われた。

頭皮に激痛――髪を掴まれていた。

掌に激痛――ラブの頰を張っていた。

指に激痛――ラブの口の中に突っ込んでいた指を嚙まれた。

「死ねっ、泥棒女！」

小雪は叫び、ラブの髪の毛を掴み、引っ張り回した。

「あんたは飽きられてんだよ！」

ラブが張り手を飛ばしてきた。

「殺してやる、殺してやるっ、殺してやる！」

小雪はラブの首を絞めた両腕を激しく前後に揺らしつつ絶叫した。

ラブの眼球が迫り出し、顔面が赤黒く染まってゆく……。

怯(ひる)まなかった。

よりいっそう、首を絞める手に力を込めた。

「死ねっ！　死ねっ！　死ね……」

胸に、物凄い衝撃を受けた——後方に吹き飛び、尻餅(しりもち)を突いた。

「いい加減にしろっ。ラブを殺す気か！」

見上げる小雪の目の前——これまでみたことのないような鬼の形相の井出が、ラブを庇(かば)うように抱き締めていた。

小雪はゆらりと立ち上がり、夢遊病者の足取りでスタジオを出た。

「おいっ、どこに行く!?」

井出の声が、背中を追ってきた。

どこに行く？

さあ……どこに行くんだろう……。

第四章

1

「合挽(あいび)きを二百グラムください」

初台(はつだい)商店街の肉屋——小雪は、ウインドウ越しに合挽き肉を指差しながら言った。

「毎度！　今日もかい？」

顔馴染(なじ)みの店員、良枝(よしえ)がふくよかな顔を綻(ほころ)ばせた。

「そうなんです。ハンバーグが大好きで」

小雪は、困った顔を作ってみせた。

今日で、夕食は三日連続同じ献立(こんだて)だった。

良枝に言ったように、空(そら)はハンバーグが大好物だった。

「はい、お待ちどお様。百グラムサービスしといたからさ」

「いつも、すみません」

片目を瞑り、合挽き肉の包みを差し出す良枝に、小雪は礼を言いながら千円札を渡した。

「いいのよ、ウチのほうこそご贔屓にしてもらってるんだから。はい、お釣りね」

「ありがとうございます。またきます」

小雪は良枝に頭を下げ、店を離れた。

五年前にＡＶ界を引退してから、妊娠していることに気づいた。

お腹の子の父親は、小雪を裏切り、地獄に叩き落とした男――産むかどうか迷った。

この業界に入るときに両親や姉とは絶縁状態になっていたので、相談する相手はいなかった。

小雪には友人もいないので、ひとりで悩むしかなかった。

一時は、堕ろすことも考えた。

井出のことを信じていた……愛していた。

初恋の相手だった。

だからこそ、騙されてＡＶ嬢になったと気づいてからも仕事を続けた。

すべては、最愛の人のためだった。

井出が望むなら、人前で裸をみせることも我慢できた。
井出が望むなら、見知らぬ男に抱かれることも我慢できた。
井出が望むなら、淫乱女と揶揄されることも我慢できた。
将来の夫のためなら、どんなことも耐えることができた。
——あんたは飽きられてんだよ！
事務所の後輩のAV女優……ラブの顔が、昨日のことのように脳裏に蘇る。
どんなことにも耐えてきた小雪も、浮気だけは無理だった。
井出の前から消えることを決めたのは、浮気だけが原因ではなかった。
——いい加減にしろっ。ラブを殺す気か！
ある意味、浮気より耐え難かったのは、井出がラブを庇ったことだった。
あのとき、一瞬にして井出にたいしての気持ちは冷めた。

そうなれば、もう、ＡＶ業界にいる必要はなかった。

小雪の行動は早かった。

ラブと取っ組み合いをしたスタジオを飛び出した小雪は、「リップグロス」の社長に電話を入れ、一方的に辞めることを告げた。

——おいおい、どうしたんだ⁉ いきなり、辞めるって言われて、受け入れられるわけないだろう⁉ 理由を言ってくれ⁉ なにがあったんだ⁉ ギャラか⁉ だったら、いくらほしい⁉

稼ぎ頭の小雪の突然の引退宣言に社長は狼狽し、矢継ぎ早に質問を浴びせかけてきた。

——ギャラとか、関係ありません。理由は、部長に訊いてください。

——井出に⁉ 井出と、なにかあったのか⁉

——だから、部長に訊いてください。

——もしあいつが原因なら、クビにしてもいいっ。

——部長をクビにしても、私は引退します。

取り付く島もなく、小雪は言った。

——引退って……なあ、落ち着け、落ち着くんだ！

そういう社長こそが、一番動転していた。

——落ち着いてます。私の気は変わりませんから。

——契約はどうする⁉　自動更新したばかりだから、まだ三年残ってるんだぞ⁉　勝手なことしたら、訴(うった)えることになる。裁判沙汰(ざた)になんか、なりたくないだろ？　悪いことは言わない。考え直すんだ。

——移籍ではなく、この業界から引退する場合は契約期間でも辞められると記載されています。

——お前な、恩を仇(あだ)で……。

——お世話になりました。

小雪は、社長の言葉を遮(さえぎ)り、電話を切った。

その後、井出からの数十件に及ぶメールや電話を小雪は無視した。

一、二ヶ月は続いた社長や井出からの連絡も、三ヶ月を過ぎたあたりからなくなっていった。
中絶しなかったのは、井出に未練があったからではない。

未練どころか、憎しみさえ抱いていた。

ただ、生まれてくる子供に責任はない。

「空ちゃん、怪我は治ったかい？」

中年女性の声が、小雪を過去の世界から連れ戻した。

「あ、こんにちは。もう、すっかりよくなりました。ありがとうございます」

小雪は足を止めた。

声をかけてきたのは、八百屋の初子だった。

初子は五十代半ばの女性で、丸々と太り、肝っ玉母さんといった印象だった。

実際、実家から勘当されている小雪にとって初子は母親のような存在だった。

一週間ほど前、買い物に連れてきた際に商店街を走り回っていた空は、八百屋の前で転倒して膝を擦り剝いたのだった。

初子が店から飛び出してきて、応急処置をしてくれたのだ。

「それはよかったわ。空ちゃん、元気いいから気をつけないとね。お顔に傷ついたら大変」

「ですね。ほんとに、やんちゃで。ときどき、男の子なんじゃないかって思います」

「コンタクトにはしないのかい？」

会釈をして立ち去ろうとした小雪は、足を止めて首を傾げた。

「眼鏡だよ。せっかくきれいな顔してるんだから、コンタクトにしたほうがいいんじゃないかってお節介さ」

「ああ、これ、度が入ってないんです」

小雪は、眼鏡を指差しながら言った。

「度が入ってない？」

初子が、怪訝そうに首を傾げた。

「はい。伊達眼鏡……ファッションでかけるのが流行ってるんです」

「眼も悪くないのにファッションで眼鏡をかけるなんて、最近の若いコのやることはわからないねぇ」

初子が眼をまん丸にして、首を横に振った。

「じゃあ、また」

小雪は初子に頭を下げ、歩き出した。

伊達眼鏡をかけているのは、ファッションのためではない。

極力、素顔で街を歩きたくなかった。

小雪は、急に空揚(からあ)げが食べたくなり、コンビニエンスストアに入った。

現役のときは体型維持のためにカロリーを気にしていたが、いまはその必要はない。

本のコーナーに並ぶAV雑誌が眼に入った。

数年前には、小雪も何度か表紙を飾(かざ)っていた。

空揚げのあるレジに向かいかけた小雪は、店員が三十代の男性であることを確認し、ポケットから取り出したマスクを嵌(は)めた。

伊達眼鏡だけでは不安になったのだ。

年月が経(た)っても、二十代半ば以上の男性の視線が怖(こわ)かった。

引退して五年の歳月が流れているとはいえ、トップのAV女優だった竹花美冬のことを覚えている男性は少なくない。

――あの、もしかして、AVの美冬さん？

――美冬ちゃん、俺、すげぇファンだったんだよ！

――引退したんですか？

――いやぁ、感激だな。どれだけお世話になったか。

電車で、コンビニエンスストアで、銀行で、路上で……引退直後は場所を問わず声をかけられることは日常だった。

無関係の場所ならまだしも、居住区でバレるのは絶対に避けなければならない。

空の幼稚園の先生や父兄に知られてしまったら……考えただけで、ゾッとした。

空揚げの代金を払い、小雪は店を出た。

小雪は商店街を抜け、「新国立劇場」……「オペラシティ」に向かった。

空の絵本を買いに行くためだ。

「オペラシティ」にはスーパーやインテリアショップが入っており、空を幼稚園に送ったあとにちょくちょく寄っている。

五十三階以上には洒落(しゃれ)たフレンチレストランや高級焼肉店も入っているが、子供を産んでからは行くこともなかった。

現役の頃は昼から数千円の高級ランチを食べたり、一度の施術(せじゅつ)が一万円を超えるアロママッサージを受けたりもしていたが、いまはとにかく無駄遣い(むだづか)いしないように心掛けていた。

現役時に稼いでいたので、貯金はそれなりにあった。

だが、いまは週に四日、ファンシーショップでアルバイトをしている八百円の時給しか収入がないので、昔の金銭感覚のままだとすぐに貯金が減ってしまう。

父親がいないので、貯(たくわ)えはあるにこしたことはない。

「オペラシティ」の本屋は、二階にある。

小雪はエスカレータに乗った。

空を寝かしつけるときに、小雪は必ず絵本を読んであげていた。

気の早い話かもしれないが、娘には芸能界など目指してほしくはなかった。

教養をつけて、真っ当な仕事に就いてほしいと願っていた。

できれば、学校の教師や保母さんなどになってくれれば最高だ。

もちろん、ほかの仕事でも構わない。

ただ、自分のようにつらく苦しい思いはさせたくない。

「あれ？　美冬ちゃん？」

エスカレータを上りきると、不意に声をかけられた。

恐る恐る、声のするほうに視線をやった。

視線の先――雑誌のコーナーで立ち読みしていた三十前後の肌の黒い男が小雪をまじまじとみつめていた。

身体にフィットしたアルマーニのTシャツに、茶に染めた長髪。耳にはピアスが光り、みるからに軽薄そうなタイプだった。

名前を知ってるということは、自分の作品を観たことがあるのだろう。

男も近所に住んでいる可能性があるので、相手にし過ぎると面倒なことになる可能性があった。

現役の頃は、ストーカーもどきのファンが何人かいて大変な思いをした。

独身時代ならばまだしも、いまは一児の母だ。

眼鏡にマスクを嵌めているのに気づいたということは、コアなファンだったのかもしれない。

つき纏われたりしたら困る。

小雪は、当たり障りなく会釈をし、本屋に入ろうとした。

「やっぱ、美冬ちゃんだ。ひさしぶりじゃん」

男は小雪についてくると懐かしそうに言った。

ひさしぶりということは、以前にどこかで会ったことがあるのだろうか？

サイン会にきていたのか？

「ほら、俺だよ!?　覚えてないの？」

男が、己の顔を指差した。

「すみません……どちら様ですか？」

足を止めた小雪は、怪訝そうに訊ねた。

「しまけんだよ、しまけん！」

「しまけん……もしかして、島田さん？」

記憶の扉が軋みながら開き、小雪の鼓動は高鳴った。

島田健……通称しまけん。

しまけんはAV男優で、小雪も二度ほど絡んだことがあった。

「驚いたろ？　当時より、二十キロくらい痩せたからね」

しまけんが、白い歯を覗かせた。

当時の彼はマッチョ男優と呼ばれ、ボディビルダーさながらの筋骨隆々の肉体美が売りだった。

いまは、ボクサーのように絞り込まれたスリムな体型になっていた。

「ダイエットですか？」

「ちょっと、糖尿になりかけてさ。それに、痩せマッチョのほうが女優にウケがいいんだ。それより、美冬ちゃん、いま、なにしてんの？　急にいなくなったからさ、心配してたんだ」

「……普通に、生活してます」

小雪は、周囲を気にしながら小さな声で言った。

まさか、こんなところで男優に声をかけられるとは思わなかった。

外見がここまで変わっていたことが、小雪には計算外だった。

「結婚？　それとも、事務所となにかあったとか？」

しまけんは、大声で質問を重ねてきた。

誰かに話を聞かれてしまうのではないかと、小雪は気が気ではなかった。

「どちらでもありません。あの、そろそろ……」

「そうなんだ。これから、ランチでもどう？」

小雪の言葉を遮り、しまけんが言った。

しまけんはよく言えばフレンドリー、悪く言えば軽い男だった。

「いえ、私、急いでますから」

「いいじゃん、ひさしぶりに会ったんだからさ」

しまけんが、馴れ馴れしく肩に手を載せてきた。

本屋に出入りする利用客の好奇の視線が集まった。

「やめてください」

小雪は、しまけんの手から逃れようと身体を捩った。

「水臭いなぁ。俺ら、肌を合わせた仲じゃん」

へらへらと笑いながら、しまけんが小雪の肩を抱き寄せた。

「大声だしますよっ」

小雪はしまけんの腕を振り払い、睨みつけた。

「花崎さん？　どうしたの？」

しまけんの肩越しに小走りで近寄ってくる女性の姿を認めた小雪は、表情を失った。

女性は、空と同じ幼稚園に通う園児の母親……平里香だった。

里香は小雪より四つ上の三十歳で、歩く拡声器と陰でママ友達に呼ばれるほどおしゃべりで噂好きな女性だ。

よりによって、最悪な人物と鉢合わせしてしまった。

「あなた、誰⁉︎　私の友人に変なことしないで！」

里香が、咎める口調でしまけんに詰め寄った。

「いや、俺は昔からの……」

「いいんですっ。平さん、行きましょう」

小雪は里香の腕を取り、足早にエスカレータに向かった。

「警察に突き出したほうがいいんじゃないの？」

里香がしまけんを振り返りながら言った。

本当は、そんな気がないことはわかっていた。

そもそも里香は、正義感で小雪を助けてくれたのではなく噂の種がほしかったのだ。

「大丈夫です。とりあえず、ここを離れましょう」

小雪は里香を一階に促しながら、頭の中で言い訳を模索していた。

里香は、ただでさえ、小雪がシングルマザーであることに興味津々だった。

「もしかして、空ちゃんのお父さん？」

「違います！」

予期せぬ里香の質問に、思わず語気が強くなってしまった。

「あ……ごめんなさい。昔の仕事の同僚です」

下りのエスカレータに並び立ち、小雪は取り繕うように言った。

「ああ、そうなんだぁ。昔の仕事って、花崎さん、なにやってたの？」

探るような里香の瞳に、小雪は胸騒ぎを覚えた。

「フリーターとか……です」

「あのさ……やっぱ、いいや」

里香が、なにかを言いかけてやめた。

「……なんです？」

胸騒ぎが、激しくなった。

「怒らないで聞いてほしいんだけど、あなたに、妙な噂が流れているの」

言いづらそうにしてはいるが、里香の瞳は獲物を前にした肉食獣のように爛々としていた。

とてつもなく、いやな予感がした。

小雪は干上がった喉に、生唾を飲み込んだ。

「子供達のお迎えまで時間あるから、お茶でもしていかない?」

里香の誘いに、小雪は頷いた。

その顔は、蠟人形のように血の気を失っているに違いなかった。

2

「オペラシティ」の二階のカフェの窓際の席で、小雪と里香は向き合っていた。

里香の前にレモンティとショートケーキ、小雪にはホットコーヒーが運ばれてきた。

「ダイエットしなきゃ、って思ってても、つい甘いもの食べちゃうのよね。花崎さんはスタイルいいけど、エステとかジムとか通ってるの?」

里香の瞳は、好奇心に爛々と輝いていた。

「いいえ、特別にはなにも。昔から、食べても太らない体質なんです」

「いいわねぇ、私なんか、水を飲んだだけですぐに浮腫んじゃう体質だから、羨ましいわ。やっぱり、若さの違いかしら」

里香がため息を吐いた。

「私と平さん、四つくらいしか変わらないですよ」

「四つでも、二十二歳と二十六歳はそう変わらないけど、二十六歳と三十歳は全然違うんだから。花崎さんも、三十路になったらわかるわ。二十代の頃と、化粧の乗りから肌の張りから、全然、違うんだから」

「でも、平さんは全然お若いですよ」

小雪はそう言いながらも、頭の中では別のことを考えていた。

——怒らないで聞いてほしいんだけど、あなたに、妙な噂が流れているの。

里香の言葉が、気になって仕方がなかった。

その話をするためにカフェに入ったというのに、里香は本題に入ろうとしなかった。

自分がアダルトビデオをやっていたことが、バレてしまったのか？

女性が観ることはほとんどないが、子供の父親なら話は違ってくる。

「花崎さんに比べたら、私なんてもうおばさんよ。花崎さんは、普通のお母さん達と違うわよね？　洗練されてて、芸能人みたい。昔、そういうお仕事してたことあるの？」

里香が、探るような眼を向けてきた。

なにかを知ってて、鎌をかけているのか？

それとも、単なる偶然か？

「幼い頃、児童劇団に所属していたことがあります」

里香が鎌をかけていた場合、下手に嘘を吐くと疑われてしまうので大丈夫な範囲の事実を言った。

「花崎さん、女優さんだったの？」

無邪気な好奇心を装っているが、演技かもしれない。

「女優って呼べるかどうか……エキストラに毛が生えたような役しかやってませんから」

「すごーい！　どんなドラマに出てたの？　それとも映画？」

「いえ、本当に脇役ですから……恥ずかしいので、もう、この話はやめましょう」

「せめて、いつ頃の……」

「私に妙な噂が広がってるっておっしゃってませんでした？」

小雪は、里香を遮り自ら「危険区域」に足を踏み入れた。

真実を聞くのは怖かったが、はっきりさせたほうがいい。

もし、里香が小雪の過去を知ったなら、対応策を練らなければならない。

最初こそ井出に騙されたとはいえ、ＡＶを続けたのは自分の意志だ。

自分は、なにを言われても構わない。

だが、空にはなんの責任もない。

母親がＡＶ女優をやっていたということで、白い眼でみられたり、イジめられたりするなど、絶対にあってはならない。

花崎小雪は汚れてしまったが、空は違う。

空の人生は、自分の命を懸けてでも守ってみせる。

「ああ、そのことなんだけどね……なんか、言いづらいわ」

里香が、わざとらしく言い淀んだ。

本当は、言いたくてたまらないのだろう。

「私のことは気になさらず、言ってください」

「そう。なら、言うけどさ……私はそんなの嘘だって言ったんだけど、花崎さんがその……エッチなビデオに出ていたんじゃないかって言う人がいるのよ。あ、私は全然信じてないよ。ただ、そういうことを言っている人達がいるってあなたの耳に入れておいたほうがいいと思ってさ」

小雪の顔色を窺いながら、里香が言った。

やはり、そうだった……。

妊娠したときから、この日がくるのをずっと恐れていた。

「誰が、そんなことを言ってるんです?」

小雪は、必死に平常心を掻き集めて質問した。

「倉本さんと田淵さんが話していたのを耳に挟んだの。なんでも、知り合いの旦那さんが、花崎さんとよく似た女の人をインターネットのいかがわしいサイトでみたんですって。いやよねぇ、男の人って。人違いよね？」

倉本と田淵は、ママ友の間で里香を含めてお喋り御三家と呼ばれている。

暇さえあれば、幼稚園近くのファミリーレストランに集まってほかの母親や旦那のことを噂しているのだ。

いかにも他人事のように言っているが、三人で寄り集まり小雪の噂話に花を咲かせていたに違いない。

「ええ、もちろん、そんなことやってません」

小雪は、即座に否定した。

正直、不安だった。

インターネットでＡＶ女優を検索したら、高い確率で竹花美冬のＤＶＤのパッケージがヒットする。

小雪がアダルトビデオ業界で活動していたのは二年ほどだが、月に一本ペースで新作を出していたので二十本以上の作品がある。

なにより、小雪はトップＡＶ嬢だったので、引退して五年が経っても情報がネット上に氾濫している。

いまでも、小雪の出演作品はダウンロードできるのだった。

「そうよねぇ、そんなわけないわよねぇ。だから、私も言ったのよ。花崎さんが、そんな仕事してるわけないじゃないって。でも、私もみせてもらったんだけど、そのエッチなビデオのパッケージの女性が、花崎さんに似てるのよ。他人の空似にしても、迷惑な話よねえ」

小雪の味方を装いつつ、里香は遠回しに探りを入れてきた。

あちこちの角度から話を振って、小雪の表情や様子を観察しているのだろう。

そして、「収穫」を持ち帰りお喋り御三家の「餌」にするつもりだ。

里香は、小雪の顔や首筋を注視していた。

恐らく、脳内に蘇らせているＤＶＤのパッケージのＡＶ女優と目の前の小雪の類似点を探しているのだろう。

幸いなことに、小雪には目印になるような黒子やシミはなかった。

ただでさえ、ジャケットや雑誌に使われる写真は修整されているので本物と見比べても「証拠」を発見するのは困難だ。

加えて、引退後に体重を五キロ落としているので、印象も変わっていた。

服を脱げば右の乳房の下部に黒子があるが、里香に裸をみせることはないのでバレはしない。

あとは、動揺して墓穴を掘らないように気をつけるだけだ。

「でも、私じゃないんで平気です」

　小雪は、内心のざわつきを笑顔で隠した。

「そっか。たしかに、自分じゃないんだから関係ないよね。あのさ、花崎さんは、なんで女優辞めたの？」

　納得した振りをしているが、里香は情報収集を諦めてはいなかった。

「自分に向いてないってわかったんです」

「どういうところが？　花崎さん、とてもきれいなのに」

「私なんて、全然、きれいじゃないです。それに、きれいな人は芸能界にたくさんいますから、それだけじゃ売れないんですよね。月並みな言葉ですけど、オーラがないと」

　小雪は肩を竦めた。

「なるほどね。芸能界って、華やかにみえるけど厳しい世界なのね。話は戻るけど、さっきはごめんなさいね。あんなこと言って。許してね」

　里香が、頭を下げた。

「気にしないでください。そういう噂があると教えて頂けて、ありがとうございます」

　小雪は礼を返し、コーヒーカップを口もとに運んだ。

「でも、あれよね。ああいう仕事をしてる女の子って、なにを考えてるのかしらね」

「え？」

「だってさ、まず、知らない人とエッチすること自体、ありえなくない？」

里香が、非難的な口調で言うと眉根を寄せた。

「そうですね」

小雪は、コーヒーカップを持つ手の震えを悟られないように気をつけた。

「それに、何年後かに結婚して子供とかできたときのことを考えないのかしらね？」

コーヒーカップの中の漆黒の液体が、さざなみ立った。

「子供が物心ついたときにさ、母親が裸になってるＤＶＤや写真をみたらどんな気持ちになるか……私だったら、それを考えただけでたまらないわ。それに、学校でもイジめられるだろうし。お前のママ、エッチなビデオ出てるぞ、って」

「……私も、そう思います」

それだけ言葉を返すのが、精一杯だった。

里香の言葉は、小雪の罪悪感を滅多突きにした。

言われなくても、将来、子供にたいしての危惧と懸念に小雪は心を悩ませていた。

自分のやっていた職業で、子供がいやな思いをする。

そのくらい、わかっていた。

だが、十代の頃に子供のことを考えろというのは無理な話だ。

若気の至りで済ませるには、小雪のやったことは代償が大き過ぎた。

自分だけの問題ではなく、子供に被害が及ぶというのがつらいところだった。

可能なら井出に声をかけられる前まで時間を巻き戻したかった。

しかし、どれだけ悔いても自らが歩んだ過去を消せはしないのだ。

「中学、高校に入る頃になれば、自分の母親が出演していたＤＶＤを友達が観てからかってくるかもしれない。そんな場面、想像しただけで頭がどうにかなりそうだわ」

胃が錐で突かれたようにチクチクと痛んだ。

呼吸が苦しくなり、額に脂汗が滲んだ。

絵空事でもなんでもなく、あと五年もすれば直面するかもしれない悪夢だ。

もし、そんなふうにからかわれたと子供に言われたら、自分はなんと答えるだろうか？

子供の眼をみて、正面から向き合い話せる自信が小雪にはなかった。

「子供が登校拒否になっても、母親はなにも言えないわよね。自分のやったことで子供が苦しんでるんですもの」

里香が、小雪の様子を窺いながら話を続けた。

できることなら、話をやめさせたかった。

許されるなら、席を蹴り、帰りたかった。

しかし、そんなことをしたら里香の疑いに確信を与えるだけだった。

「最悪、年頃になったら自殺しても不思議じゃないわね。思春期って、ホルモンバランスの影響で、取るに足らないことでも思い詰めるような、ただでさえ多感な時期っていうじやない？」
自殺、という言葉が、小雪の意識を朦朧とさせた。
ママは、どうして知らない男の人とあんなに恥ずかしいことしてるの？
お前のママはエロ女って、みんなにイジめられてるんだよ？
ママは、どうしてあんな恥ずかしいことをカメラに撮らせたの？
お前のママは露出狂だって、みんなにイジめられてるんだよ？
ママは、生まれてくる子供のことを考えなかったの？
お前もママみたいに淫乱なんだろうって、みんなにイジめられてるんだよ？
ママ……私はママが大好き。
ママ……でも、毎日が苦しいの。
ママ……私はママが大好き。
ママ……でも、毎日が地獄のよう。

ママ……私はママが大好き。

ママ……だから、恨みたくないから……そうなる前に……さよなら……。

気づいたら、席を立ち上がっていた。

「花崎さん、どうしたの？」

里香が、興味津々の瞳で小雪を見上げた。

「私……母と約束していたのを忘れてました。ごめんなさい、失礼します」

口を衝く出任せ——小雪は伝票を手に取り、逃げるように店をあとにした。

☆　☆

園児の手を引く母親達と会釈を交わしながら、小雪は足早に教室に向かった。

今日にかぎっては、マスクをかけていた。

誰にも、話しかけられたくなかった。

母親達がみな、小雪の噂をしているように思えてならなかった。

――倉本さんと田淵さんが話していたのを耳に挟んだの。なんでも、知り合いの旦那さんが、花崎さんとよく似た女の人をインターネットのいかがわしいサイトでみたんですって。いやよねぇ、男の人って。人違いよね？

鼓膜に蘇る里香の声が、小雪を不安にさせた。

いまは噂の段階だからシラを切れるが、動かぬ証拠が出てきたら言い逃れができなくなる。

動かぬ証拠――たとえば、小雪と絡んだ男優や制作スタッフが母親達の誰かと繋がっていたりした場合だが、考えただけでゾッとした。

できるなら、家に籠もっていたかったが、空がいるのでそういうわけにはいかなかった。

「あらぁ、空ママ」

廊下で立ち話していた倉本が小雪を認めると、眼鏡越しの眼を光らせた。

倉本の隣には、お喋り御三家の仲間である田淵がいた。

倉本も田淵も、獲物を発見した肉食獣さながらに爛々と瞳を輝かせていた。

それぞれの子供……男児ふたりが、彼女の周囲を駆け回っていた。

「空ちゃん、先生とお絵描きして待ってるわよ」

田淵が、作り笑顔で近づいてきた。

「ありがとうございます」

「空ママ」

会釈してプレイルームに入ろうとする小雪を、倉本が呼び止めた。

「なんでしょう？」

「空ちゃんとみんなで、これからお茶しない？　よくよく考えてみたら、同じクラスなのに空ママとはお茶とかしたことないなと思ってさ」

小雪の脳内で、警報ベルが鳴った。

里香と情報交換をしているのかもしれない。

「そうだよ。たまには、いろいろお話ししましょ」

田淵もすかさず乗ってきた。

彼女は小雪より七つ上で、お喋り御三家の中では最年長の三十三歳だ。

いつも、関西人のように豹柄(ひょうがら)や原色などの派手な衣服を着ている。

「ごめんなさい……今日、これから実家に行かなければならないんです」

ふたたび、嘘が口を衝いて出た。

「あ、そうなんだ。じゃあ、明日は？」

「明日も無理なら、空ママの都合のいい日に合わせてもいいからさ」

執拗に食い下がる倉本に、田淵が重ねてきた。

狙った獲物を逃さないとでもいうように。

「じゃあ、予定がわかったらご連絡します。空を迎えに行ってきます」

そそくさと言い残し、小雪はプレイルームに入った。

「遅れてすみません」

空と並んで座り、クレヨンで絵を描いていた真由美先生に、小雪は声をかけた。

謝りはしたものの、できるだけ母親達と会いたくないので、わざと遅れてきたのだ。

「あっ、ママ！」

クレヨンを放り投げ、空が駆け寄り、小雪の足に抱きついた。

「ごめんね。寂しかった？」

小雪は訊きながら、空を抱き上げた。

「あのね、先生とね、お絵描きしてたからね、空、愉しかったの！　パンダさん、上手に描けたんだよ！」

下膨れの頰を紅潮させ、空が興奮気味に伝えてきた。

廊下から、窓越しに倉本と田淵がプレイルームを覗き込んでいた。

隙あらば、なにかを暴き立ててやろうという魂胆がみえみえだった。

里香といい、悪意に満ちた視線を注いでくるふたりにしても、ここまで露骨だとバレたらどうしようという不安よりも怒りが込み上げてきた。

「そう！　よかったねー！　今夜は、空の大好きなオムライスにしようね！」

小雪は、強く空を抱き締めた。

どんなことがあっても、この子を守ってみせる。

誰であろうと、空を哀しませるようなことをする人間は許さない。

たとえ、この命に換えても……。

小雪は、空の頰に頰をくっつけながら心で宣戦布告した。

3

「ほら、『キティちゃん』のところに行っといで」

新宿のデパート――エスカレータで十二階に到着すると、小雪は繋いでいた空の手を離した。

空は、一目散におもちゃ売り場に走った。

脇目も振らずに空は、「サンリオ」のコーナーに向かうと興奮した顔でいろいろな種類の「キティちゃん」を手に取っていた。

空は「ハローキティ」が大好きで、中でも好きなのは、日本各地のご当地シリーズだ。とくに、京都の舞妓キティがお気に入りだ。

「みてみて、ママ！」

ふっくらとした頬を紅潮させた空が、携帯ストラップを宙に翳し、興奮気味に小雪を呼んだ。

「はいはい、そんなに大声出さなくてもいま行くわよ」

小雪は微笑み、空のもとに向かった。

「この舞妓さんキティちゃん、空、初めて！　お着物が、とってもきれい！」

空が小雪に差し出してきたのは、赤い打掛を着ていた。

「これはね、舞妓さんじゃなくて大奥キティっていうんだよ」

「おおおくって、なに？」

首を傾げる空。

「大奥っていうのは将軍様の……まだ、空には難しいわね。将軍様のお城にいた女の人のことよ」

「おおおくさんは、えらいんだね。凄いね、おおおくさん」

「大奥キティ」に無邪気に話しかける空に、小雪は眼を細めた。

他愛もない日常生活の会話——こういう何気ないやり取りに、小雪は幸せを感じた。

至らない母親かもしれなかった。

母親失格かもしれなかった。

だが、どんなことがあっても、空の幸せだけは守るつもりだった。

「このキティちゃん、ほしい?」

「うん! 空、おおおくさん、ほしい!」

空が、瞳を輝かせた。

小雪は笑顔で頷き、空の手を引きレジに向かった。

「ねえねえ、ママは、お風呂が好きだったの?」

唐突に、空が訊ねてきた。

「え? お風呂は好きだけど、どうして?」

「信ちゃんが、ママから教えてもらったんだって」

小雪は、急ブレーキをかけたように立ち止まった。

「ママ、どうしたの?」

「……信ちゃんが、信ちゃんのママから、なにを聞いたの?」

小雪は、恐る恐る訊ねた。

信は、お喋り御三家のひとり、倉本の息子だ。

とてつもなく、いやな予感がした。

「ママが裸のお仕事してたって」

「えっ……」

小雪は絶句した。

空がなぜ、自分にお風呂が好きかを訊いたかの理由がわかった。

「そ、そうよ。ママは昔、お風呂の仕事をしてたのよ」

表情筋が強張(こわば)らぬよう、小雪は無理矢理笑顔を作った。

「お風呂に入るのが、お仕事なの？」

小首を傾げる空を、かわいらしい、と思う心の余裕がいまの小雪にはなかった。

「そうよ。でも、恥ずかしいから、みんなには言わないでね」

小雪は、顔の前で手を合わせ片目を瞑(つぶ)ってみせた。

「うん、空、誰にも言わないよ。ママが恥ずかしいの、かわいそうだもん」

「ありがとう。指きりげんまんしよう」

微笑み、小雪は小指を空の前に差し出した。

空の小さな小指が、小雪の小指に絡んだ。

「ゆーびきーりげーんまーんうーそーつーいたーらはーりせーんぼーんのーます！　ゆーびきーった！」

空が絡めた指を上下させながら歌った。

「はい、よくできました」

懸命にこやかな表情を作ってはいるが、小雪の胸の中は暴風雨のように荒れていた。いまはまだ子供騙しが通用する年齢だが、あと二、三年も経てば嘘だとバレてしまう。

「じゃあ、ママ、これを買ってくるからね」

小雪は、「大奥キティ」を空に翳してみせ、レジに向かった。

誰であろうと、空を哀しませる者は許しはしない。

小雪は、覚悟を決めた。

☆

☆

初台の交差点近くの高層マンションのエントランスに、小雪は足を踏み入れた。

大理石張りのロビーには低くクラシックピアノのBGMが流れ、ホテルのようだった。

小雪はヨーロッパ調の待ち合いソファに腰を下ろした。

スマートフォンのデジタル時計は、九時を過ぎたところだった。

新宿のデパートから家に帰り夕飯を作り、空を入浴させ終わったときには八時を過ぎていた。

――お話があるんですけど、いまから会ってもらえませんか？

小雪は、空を寝かせつけてすぐに倉本に電話した。

――こんな時間に？　どんな話？

迷惑半分、好奇心半分といった具合に、倉本が訊ねてきた。

――電話ではお話しできないことなので……どこにでも伺いますから。

――なんか、深刻そうな話ね。じゃあ、ウチのマンションに共用ラウンジがあるから、そこでいいかしら？

「お待たせ」

記憶の中の倉本の声に、現実の倉本の声が重なった。

「突然、すみま……」

顔を上げた小雪の視線の先――倉本は、ひとりではなかった。

「偶然、ウチにきてたの。弘樹ママも一緒でいい？　まずいなら、外してもらうけど」

倉本が、弘樹ママ……田淵に視線を向けながら言った。

そうしてください……という言葉が口から出かかったが、小雪は思い直した。

自分の噂話をしているのは、倉本だけではないはずだ。

「いえ、田淵さんもいてくださったほうがいいです」

「あら、なんでしょう？　ドキドキするわ」

田淵が、胸を手で押さえ大袈裟な表情を作った。

「話は、ここでいいかしら？　この時間だと、利用する人もいないでしょうから貸切状態よ」

倉本が、あたりを見渡しながら言った。

共用フロアには、ランダムにソファが五脚点在していたが、倉本の言うとおり小雪達以外誰もいなかった。

フロアの中央には、白いグランドピアノが置いてあった。

かなりの高所得者でなければ住めそうにないハイグレードなマンションだ。

「私はこちらで大丈夫です」

「じゃあ、弘樹ママも座って。空ママ、早速だけど、話ってなにかしら？」

倉本が田淵を小雪の対面のソファに促しながら訊ねてきた。

「信ちゃんが、私が裸の仕事をしてたとママから聞いたって……空が言ってました。本当ですか？」

意を決して、小雪は切り込んだ。

「あら、信がそんなことを言ったの？」

慌てるふうもなく、倉本が質問を返してきた。

「どうして、そんなことを言うんですか？」

シラを切ろうとする倉本に、小雪は詰め寄った。

たとえ険悪になっても、ここできっちりと釘を刺しておかなければ取り返しのつかないことになる。

自分が揶揄されるのは、仕方がない。

きっかけは井出に騙されたこととはいえ、ＡＶ出演を決断したのは小雪自身だ。

しかし、空にだけはいやな思いをさせるわけにはいかない。

「琴音ママの旦那さんがインターネットでみていたいやらしい動画に出演していた女優さんが、あなたにそっくりだっていうのよ」

倉本が、小雪の表情を窺いながら言った。

「だからって、ただ似ているというだけでそんな無責任な噂を流すなんて困りますっ」

小雪は、ふたりを交互に見据えた。

いつもとは違う小雪の強硬な姿勢に、倉本と田淵が驚いたように顔を見合わせた。

「本当に、似ている人なの？」

田淵が、挑戦的な眼を小雪に向けた。

「それ……どういう意味です？」

小雪は、強張った声で訊ねた。

「だから、その動画に出ているＡＶ女優が他人の空似じゃなかったら、無責任な噂とは言えなくなるじゃない」

倉本が、ふてぶてしい口調で田淵の代わりに答えた。

「私が、嘘を吐いていると言いたいんですか？」

小雪は、声の震えを悟られないようにした。

ここで動揺をみせてしまったら、ふたりの餌食になってしまう。

「違うの？」

薄笑いを浮かべ、倉本が挑発するように言った。

「あたりまえじゃないですか！」

語気を強め、小雪は否定した。

内心、罪悪感で一杯だった。

嘘を吐いていることは、自分が一番わかっていた。

だが、認めるわけにはいかない——世界一の嘘吐きになったとしても、真実を悟られるわけにはいかなかった。

「たしかめてみれば、一目瞭然(いちもくりょうぜん)じゃない？　私、保存してあるから」

田淵がスマートフォンを取り出した。

心臓が、早鐘(はやがね)を打った。

いますぐ止めたかったが、それは嘘を吐いていたと告白するようなものだ。

「たしか、このフォルダに……あっ、あった」

田淵が、スマートフォンをテーブルの中央に置いた。

「これだけ似てれば、空ママと間違っても仕方ないわねぇ」

倉本が、小雪とディスプレイを交互に見比べながら言った。

小雪は、ディスプレイを覗く勇気がなかった。

「ほら、空ママ、似てるでしょ？」

田淵が、スマートフォンを小雪の顔の前に突きつけた。

『濡(ぬ)れる年ごろ』——ディスプレイに浮かぶＤＶＤのジャケット。

ピンクのセーラー服姿の数年前の自分が、指をくわえ物ほしげな顔でみつめていた。

あまりの恥ずかしさに、顔から火が出そうだった。

「こんなのも」

言いながら、田淵がディスプレイを指先で撫でた。

ディスプレイの画像は、全裸の四つん這いで尻を高々と掲げたポーズのDVDジャケットに切り替わった。

『バック大好き』……タイトルを眼にするだけで羞恥に顔が赤らみそうだった。

「自分でみて、似てると思う？」

倉本が、興味津々の顔で小雪の表情を窺った。

「似てると言われればそうなのかな、と思う程度で、自分では似てるとは思いません」

小雪は、きっぱりと言い切った。

少しでも逡巡すれば、疑いの芽を育ててしまう。

「ねえ、お臍みせてくれない？」

唐突に、田淵が言った。

「どうして……ですか？」

小雪の頭の中で、警報信号が鳴った。

「これをたしかめたいの」

田淵は言いながら、上半身裸で乳房を両手で覆っている映像を小雪に向けた。

これだけ簡単に自分の裸を検索できるという事実に、改めて小雪は恐怖と後悔に苛まれた。

もし、空が将来パソコンをやるようになったら……。

考えただけで、不安に心臓が破裂してしまいそうだ。

「ほら、このコのお臍さ、縦長で特徴ある形してるでしょ？ここであーだこーだ言ってるより、百聞は一見にしかずで、空ママのお臍をみせてくれたら疑いを晴らせるわよ」

親切ごかしてはいるが、田淵の魂胆はみえみえだった。

「お断りしますっ。どうして、そんなことまでしなければならないんですか!?」

憤然とした表情で、小雪は拒絶した。

「いま、弘樹ママが教えてくれたじゃない。お臍の形が違うってわかれば、あなたがアダルトビデオに出ていたんじゃないかって噂を消すことができるのよ？　私達、空ママのためを思って……」

「噂を流してるのは、おふたりですよね!?　おふたりがそんなことしなければ、そもそも噂なんて広がらないはずですっ」

小雪は、一歩も退かずに……退くどころか、攻めに転じた。

空を守るためなら、鬼にでも悪魔にでもなるつもりだった。

「あらあら、ずいぶんな言い草ね。私達は、空ママを守ろうとしているだけよ？　まあ、でも、そう思うならそれでもいいから、立証はしてちょうだい。私達だって、万が一、空ママがＡＶ嬢だったとしたら距離を置きたいから。悪く思わないでね。子供のためよ。信、修得小学校に入れるつもりなの。破廉恥なビデオに出てる母親の子供と仲良くしてるなんて知られたら、内申に響くのよ」

　倉本が、肩を竦めた。

「ご安心ください。立証するまでもなく、おふたりとはおつき合いしませんから」

　怒りを押し殺し、小雪は言った。

「逃げる気？」

　腕組みした田淵が、小雪を睨みつけてきた。

「そう思うのなら、それでも構いません。とにかく、おかしな噂を流すのはやめてください」

「それはできない相談ね。女同士でお臍みせるだけのことなのに断るっていうことは、自分で認めたようなものでしょう？」

　田淵が、片側の唇を吊り上げた。

「もし、このＡＶ嬢があなただとしての話だけど、空ちゃんのこと考えたことあるの？　こんな卑猥なタイトルのビデオの存在を知ったら、どういう気持ちになると思う？」

倉本の言葉が、小雪の胸を貫いた。

里香にも、同じようなことを言われた。

空の名前を出されるのが、一番堪えてしまう。

「いまはわからないけど、子供の成長はあっという間よ。DVDを借りなくても動画サイトとかあってさ、すぐにバレちゃうわよ。将来、空ちゃんがAV女優になりたいっていったらどうするの？」

倉本の声が、頭の中で凍てついた。

空が……考えたこともなかった。

もちろん、認めるわけがない。

「だめに決まってます。そんなこと、あたりまえじゃないですか」

小雪は、自分に言い聞かせるように言った。

「母さんもやってるのにどうしてだめなのって言われたら？　どう説明するの？」

心臓が胸を突き破りそうなほど、鼓動が高鳴った。

「空ママ、顔色悪いわよ？」

田淵が、爛々と輝く瞳で小雪をみつめた。

「あら、やだ。もし、空ママがAV嬢だったらって、たとえばの話よ？　やっぱり、空ママは……」

小雪は、テーブルを掌で叩き、ソファから腰を上げた。

「私じゃないって言ってるじゃないですか！　もし、今度空になにか言ったら、許しませんから！」

小雪の迫力に気圧された倉本と田淵が、呆気に取られた顔で固まった。

小雪は、ふたりに背を向けマンションのラウンジをあとにした。

☆　　☆

小雪は、静かにカギをかけると足音を立てないように部屋に上がった。

初台の駅から徒歩数分の新築のワンルームマンション……家賃は、九万五千円だった。

本当はもっと高級な物件に住めるだけの貯金はあったが、贅沢をする気はなかった。

小学校、中学校、高校、大学……空が嫁入りするまで、まだまだ長い。

空には、父親のいる家庭と変わらぬ生活を送らせてやりたかった。

父親がいないから……そういう思いだけはさせたくはなかった。

「ただいま」

小雪は空のベッドに歩み寄り、起こさないように囁いた。

寝ているときの子供は天使だと、なにかの本で読んだ記憶がある。

「大丈夫だからね……」

すやすやと寝息を立てる空の髪の毛を撫でながら、小雪は呟いた。

――もし、このＡＶ嬢があなただとしての話だけど、空ちゃんのこと考えたことあるの？　こんな卑猥なタイトルのビデオの存在を知ったら、どういう気持ちになると思う？

倉本の声が、脳裏に蘇った。

自分のやったことは、浅はかだったのかもしれない。

自分のやったことは、愚かだったのかもしれない。

自分のやったことは、恥ずべきことだったのかもしれない。

自分への非難なら、甘んじて受け入れよう。

だが、空には関係のないことだ。

空にだけは、絶対に、哀しい思いや恥ずかしい思いをさせるわけにはいかなかった。

小雪のバッグの中で、携帯電話が震えた。

倉本か田淵かもしれない。

小雪は、憂鬱な気分で携帯電話を取り出した。

液晶ディスプレイに浮かぶのは、覚えのない電話番号だった。

「もしもし、花崎ですけど」

小雪はベッドから離れ、小声で電話に出た。

『夜分遅くにすみません。「萌芽園(ほうがえん)」の佐山(さやま)と申します』

電話の主は、空の幼稚園の先生だった。

「こんばんは。いつも、空がお世話になっています。幼稚園で、空がなにか?」

『いえ、お電話したのは空ちゃんのことではなく、お母様のことなんです』

不安が鎌首(かまくび)を擡(もた)げ、小雪は訊ねた。

「私のことですか?」

小雪は、怪訝な声で訊いた。

『じつは、いま、花崎さんのご自宅の近くにいるんですけれど、少しだけ、お時間頂けますでしょうか?』

「いまから……ですか?」

小雪の胸に、とてつもない不吉な予感が広がった。

4

初台の水道道路沿いに建つファミリーレストランに到着したときには、午後九時近くになっていた。

一階のテニスコートでは、中年夫婦がナイター照明の下でコーチと思しき若い男性に指導を受けていた。

縁のない平穏な夫婦生活――自分にも、築けただろうか？

もし、あのとき渋谷に出かけなかったら？

もし、あのとき井出に声をかけられなかったら？

もし、あのとき足を踏み出さなかったら……。

小雪は思考を止めた。

考えても、時間は巻き戻せはしない。

急ぎ足で、階段を上った。

「いらっしゃいませ……」

「待ち合わせです」

女性店員のマニュアル通りの出迎えを遮り、小雪は店内に視線を巡らせた。

窓際の席に座っていた若い女性……佐山真由美が立ち上がり、小雪に頭を下げてきた。

「こんな時間に、申し訳ありません」

たしか真由美は二十六……小雪と同じ年だ。

大きな垂れ眼とふくよかな頬――真由美は、十代といっても通用する童顔だった。

「いえ、大丈夫です。それより、私に話というのはなんでしょう?」

小雪は、席に座るなり注文もしないうちに切り出した。

真由美はアイスティーを頼んでいたが、まったく減っていなかった。

「大変、言いづらいことなんですが……これが職員室の私のデスクの上にあったんです」

周囲の眼を気にしながら、真由美がファイルを小雪に差し出した。

「中をみてください」

真由美に促されファイルを捲った小雪は、息を止めた。

クリアポケットの写真に向けた小雪の視線が凍てついた。

全裸で股間だけリンゴで隠した少女……写真は、小雪の作品、『エッチなイヴ』のDVDのジャケットのカラーコピーだった。

少女は、十九歳の頃の小雪だ。

「次のページをみてください」

真由美の声に、震える指先でクリアポケットを捲った。

男優に四つん這いにさせられ恍惚に顔を歪める小雪、開脚させられ男優に秘部を舐められる小雪、男優の性器を口に含む小雪。

写真の中の痴態の数々に、小雪の顔は赤らんだ。

「次に、添えられていた手紙を入れてあります」

ページを捲る小雪の手は、じっとりと汗ばんでいた。


「萌芽園」に通う花崎空ちゃんの母親である花崎小雪さんが、昔、アダルトビデオの女優をやっていたという事実をお報せします。

人格形成を培う重要な時期を送る幼稚園生活に、花崎さんのような如何わしい仕事に携わっていた人がいたら園児達の教育上悪影響だと思います。

しかも、花崎さんは、当時、大人気女優だったそうです。

園児の父親が、花崎さんのビデオを観ていても不思議ではありません。

今後、有名人であった花崎さんのその後をマスコミが取り上げる可能性もあります。

そんなことになれば、ＡＶ嬢の娘が通う幼稚園として「萌芽園」のイメージが下落します。

花崎空ちゃんを受け持つ先生は、本人に確認した上で事実だと判明すれば然るべき対処をお願い致します。

この密告は、花崎さんにたいしての個人的な恨みではありません。

あくまで、子供達と「萌芽園」の未来のためです。

尚、トラブルに巻き込まれたくないので差出人は匿名とさせて頂きます。

B5の用紙にパソコンで打たれた印字を追っていた小雪の視界が青褪めた。

喉が干上がり、ファイルを持つ手が震えた。

内臓に雪を詰め込まれたように体温が失われてゆく。

目の前にレモンティーが置かれた。

いつ注文したのか、まったく覚えていなかった。

「この件は、まだ、私しか知りません。まずは、花崎さんに事情を聴いてからと思いまして」

真由美が、小雪の顔色を窺いながら言った。

小雪はティーカップを口もとに運び、ヒリつく喉を紅茶で潤した。

平静でいようとすればするほど、心臓が別の生き物のように暴れ回った。

言い訳を考えようとしても、悴んだ指先さながらに思考が働かなかった。

「ここに書いてあることは、本当でしょうか?」

言いづらそうに、真由美が訊ねてきた。

倉本、田淵……。

小雪は頭に浮かべた思い当たる人間の顔をすぐに消した。

もはや、犯人探しをしたところで意味はない。

重要なことは、職員室に自分のAV時代の写真が送りつけられたという事実だ。

「犯人」は、小雪に悪意を抱いている。

その場凌ぎで嘘を吐いても、諦めはしないだろう。

諦めるどころか、嫌がらせはエスカレートするに違いない。

なにより、事が大きくなりほかの職員にまで噂が広がるのはまずい。

根も葉もない噂なら堂々としていられるが、これは真実なのだ。

争えば争うほど、不利になるのは自分だ。

最優先しなければならないことは、母親として空を守ることだ。

小雪は深く息を吸い、真由美をみつめた。

「いまからお話しすることは、先生の胸に留めておいてもらえますか?」

真由美が頷いた。

「この手紙に書いてあることは、本当です。私、昔、アダルトビデオに出演していたことがあります」

小雪が切り出すと、真由美が微(かす)かに眼を見開いた。

「いつまで、やってらっしゃったんですか？」

「引退して、五年経ちます。もちろん、いまは一切(いっさい)業界とは無関係です」

「そうですか……」

真由美が、大きく息を吐いた。

顔色が悪くなったような気がした。

人違いであってほしいと、願っていたに違いない。

「先生的には、困りますよね。ご迷惑をおかけして、すみません」

「いえ……私より、空ちゃんが心配です。私から他言することはもちろんありませんが、匿名の差出人がこのまま黙っているとは思えません。花崎さん、差出人に心当たりはありませんか？」

「今回の差出人と関係があるかどうかはわかりませんが、平さん、倉本さん、田淵さんの三人から、私がアダルトビデオに出演していたという噂があると言われました」

「平さん達……」

真由美が呟き、合点(がてん)のいったような顔をした。

三人がお喋り御三家と呼ばれる「問題主婦」ということは、真由美の耳にも入っているに違いない。

「でも、このことを訊いたりしないでください。三人がこういうことをやったとは思いたくはありませんし、もし、そうだとしても認めるわけはありませんから」

庇ったわけではない。

証拠がない状態で問い詰めたりしたら、恐らく事を大きくしたいだろう彼女達にとって思う壺だ。

悔しいが、無視するのが一番だ。

「わかりました。でも、噂が広まったらどうしましょう？　私がなにも反応しなければ、悪戯電話と同じで、相手にしたらどんどんエスカレートしてしまう。

差出人が別の先生に送りつける可能性があります。先程も言いましたが、空ちゃんが心配で……」

真由美が言葉を切り、小雪をみつめた。

「どうしてほしいんですか？」

小雪は眼を逸らさず、真由美に訊ねた。

「え……？」

「空が心配なのは私も同じです。彼女が生まれたときから……いいえ、生まれる前から心配でした。でも、どれだけ心配しても、私の過去は消せませんっ。どうしたらいいか、教えてください！」

ぶつけようのない怒りが、小雪の語気を荒くした。

小雪には、わかっていた。

真由美に訊いても答えなどないことを……答えなど、どこにもないことを……。

「私からこういうことは言いづらいのですが、もし、これ以上噂が広がるようなら幼稚園を移るということも選択肢に入れておかれたほうがいいかと思います」

真由美が、伏目がちに……しかし、きっぱりと言った。

「先生は、私達に逃げろと言うんですか？」

「そういう意味じゃ……」

「私と空は、なにも悪いことはしていませんっ。犯罪者でもないのに、どうして逃げなければならないんですか⁉」

小雪は真由美を、強い口調で遮った。

「私はただ、空ちゃんの立場を考えて提案しただけなんです。お気を悪くさせてしまったのなら、謝ります」

頭を下げる真由美をみて、後悔の念に苛まれた。

自分が受け入れられるかどうかは別として、真由美は空を心配して足を運んでくれたのだ。

「私のほうこそ、言い過ぎました。ごめんなさい。でも、幼稚園を移る気はありません。どんなに遠くに行っても、ネットで検索されてしまえばバレる可能性があります。私の過去を知られるたびに幼稚園を替わるなんて……そんなかわいそうなことはできません」

真由美に、というよりも、小雪は自分にたいして言い聞かせた。

「死にたくなるほどのイジメを受けても……ですか？」

その瞬間、時間が止まった。

「なんてこと言う……」

「私、子供の頃、ひどいイジメを受けていたんです」

突然の真由美の告白に、小雪は言葉を呑み込んだ。

「ちょうどいまの空ちゃんと同じ幼稚園の頃です。ウチの実家は魚屋で、ときどき生臭い感じの臭いが衣服についているときがあって、臭い臭いって。子供って、正直っていうか、ある意味残酷ですから。誰かがそういうふうに言い始めると真似する子が増えて、気づいたときには、クラスのほとんどの子から臭い臭いってイジめられていました。花崎さん、知ってました？　四歳とか五歳でも、あまりにもつらいことが続くと死にたいって思うことがあるんですよ」

真由美の問いかけが、振り下ろされたナイフのように小雪の胸を貫いた。

「もちろん、大人みたいに具体的に死を考えるわけではないんです。ただ、大人より死にたいしての恐怖感がなくて、なんていうんでしょう、ファンタジーみたいにとらえているところがあって。だから、余計に怖いんです」

わかる気がした。

子供の頃は、死はまだ遠い将来の話で非現実的なことだ。

こんなにつらく苦しい思いをするなら、はやく天国に行きたい。

限界を超える精神的苦痛を受け続けていたら、そんなふうに考える子供がいても不思議ではない。

「幼稚園の先生になろうと思ったのも、私みたいなつらい思いをしている子供を救おうって思ったからなんです」

「空は、イジめられてないですよね?」

小雪は、自らに言い聞かせるように真由美に訊ねた。

「イジめられてからでは、遅いんですっ」

珍しく、真由美が強い口調で言った。

「……ごめんなさい。自分の体験に重ね合わせてしまって、つい、ムキになってしまいました」

「謝らないでください。先生は、空のためを考えてくださっているんですから。でも、さっきも言った通り、どこに逃げても私の過去は消せません。空を苦しめるのが私の過去なら……なおさら、逃げるわけにはいかないんです。この命に換えても、私の過去から空を守ってみせます」

小雪は、自らの口から出るひと言、ひと言を魂に刻みつけるように言った。

「わかりました。お母様がそこまで決意なさってるなら、なにも言いません。私にできることがあったら協力しますので、なんでも言ってください」

「ありがとうございます。では、空が待ってますから、失礼します」

手を伸ばそうとする真由美より先に伝票を取った小雪はレジに向かった。

☆　☆

いったん家に戻った小雪は空が寝ついているのをたしかめ、ふたたび外出した。

新宿に近い初台に住んでいながら、引退してから歌舞伎町に足を運ぶのは初めてだった。

小雪は、早足で区役所通りを奥へと進んだ。

「ねえ、どこ行くの？」

金髪のウルフカットのホストが、軽薄なノリで話しかけてきた。

「出勤？　ねえ、俺の店で呑んで行かない？」

無視しても、ホストは懲りずに小雪と並んで歩いた。

遠巻きに、仲間らしいホスト数人がニヤニヤしながら小雪に視線を集めていた。

恐怖心が込み上げ、小雪は駆け出した。

「んだよっ、感じ悪りぃ女」

ホストの吐き捨てる声を振り切り、小雪は路地に入った。


——区役所通りのふたつ目の路地を右に曲がれば、路上に赤い看板が出てるから。

記憶の中のエミリの声の通り、「アモーレ」の赤い看板が目の前に現われた。

小雪は、地下へと続く階段を駆け下りた。

ホストが追いかけてくるかもしれないので、気が抜けなかった。

昭和の時代のスナックを彷彿とさせる木のドアには、会員制のプレートが貼ってあった。

小雪は、インタホンを押した。

「すみません、小雪です」

スピーカーに声を吹き込むと、ほどなくしてドアが開いた。

「入んな」

くわえ煙草(たばこ)で顔を出したエミリが、小雪を店内へと促した。

ぶっきら棒な感じは、昔のままだった。

「ご無沙汰(ぶさた)してます。お忙しいところ、突然、すみません。これ、つまらないものですけど」

店に足を踏み入れた小雪は、エミリにケーキの詰め合わせの箱を差し出した。

エミリは大の甘党で、現役のときも撮影の合間にショートケーキやシュークリームを食べていた。

「そんな気ぃ使わなくてもいいのにさ」

素(そ)っ気(け)なくエミリは箱を受け取り、小雪をカウンターのスツールに促した。

エミリとは、一年前に呑みに行ったのを最後に会っていなかった。

店内には、小雪以外に客の姿は見当たらなかった。

「今日は、お休みなんですか？」

「気分じゃないから、今日は店を開けなかったんだ」

カウンター越しのエミリは涼(すず)しい顔で言いながら、缶ビールと焼酎(しょうちゅう)のボトルを小雪に翳してみせた。

「私、お水で大丈夫です」

「私は呑むから、あんたもつき合いな。呑めるんだろ？　それに、なんの相談か知らないけど、お互いシラフじゃないほうがいいって」

「じゃあ、お言葉に甘えて、ビールを頂きます」

小雪が言うと、グラスに注いだビールをエミリが無表情にカウンターに置いた。

「かんぺーい!」

韓流風の乾杯の音頭を取り、エミリが自らのビールの缶を小雪のグラスに触れ合わせた。

ビールのほろ苦い刺激が、小雪の喉を焼いた。

エミリは小雪が所属していた「リップグロス」の先輩女優で、現役時代、食事を奢ってくれたりマッサージ店に連れて行ってくれたり、なにかと眼をかけてくれていた。

愛想が悪くとっつき難いところのある女性だが、根は優しいということを小雪は知っていた。

それに、人づき合いが苦手だった小雪には、エミリの干渉してこないスタンスが心地よかったのだ。

「あーうまっ! やっぱ、泡ものは最高だね」

缶ビールを喉に流し込み、エミリがCMさながらのリアクションで言った。

「安奈ちゃんは、寝てるんですか?」

小雪は、エミリのひとり娘について訊ねた。

今年、高校に入学したはずだ。

小雪がエミリに相談しようと思ったのは、彼女が、AV女優という過去がありながら女手ひとつで娘を育てた自分と同じ境遇の持ち主だからだ。

「だといいんだけど、男と遊んでばかりでさ。たまには家に帰って学校行こうって気にならないのって訊いたら、母さんのDNA受け継いでるからってさ」

他人事のように、エミリがハスキーな声で笑い飛ばした。

「じつは、今夜、娘の件で相談したいことがありまして……」

「まさか、もう、男ができたとか？　んなわけないか。まだ、幼稚園だよね？」

「はい。私の過去が、幼稚園の先生にバレてしまって……。私が出演していた作品のジャケット写真を、匿名の差出人が空の担任の先生のデスクに置いたんです。同じ日に、噂好きのお母さん達から、AV女優やってたの？　って訊かれたので、もしかしたら先生に密告したのはその人達かもしれないです。先生やお母さん達には、空がイジめられて自殺する可能性があると言われて……そのときは平然とした顔してましたけど、本当は、内心、凄く不安で……」

「なにが不安なのさ？」

スマートフォンをイジりながら、ディスプレイから眼を離さずエミリが訊ねてきた。

「だから、私が過去にAV女優をやってたことがバレて、空がイジめられると思うと

「……」

「あんだけ売れてたんだから、あんたがAV女優やってたのバレるに決まってるだろ?」

エミリが、顔前に突きつけてきたスマートフォンをみた小雪は絶句した。

ディスプレイは動画プレイヤーになっていて、小雪が男優ふたりの性器を代わる代わる舐めている場面が映し出されていた。

「AV女優ってキーワード検索しただけで、あんたの動画はすぐにヒットする。この動画探すのに、一分かからなかったよ。あんたさ、本気で過去を隠し通せると思って子供を産んだのなら、馬鹿としか言いようがないね。それに、母親のこんな動画みられちゃったらさ、友達にイジめられるに決まってるじゃん。自分が見ず知らずの男のちんぽしゃぶって腰振ってよがって喘いで……そういうのも含めてママだからって言える自信がなきゃ、子供なんて産むんじゃないよ！　そんな半端な気持ちであんたの子として生を受けた子供が憐れでしようがないよ！」

エミリの強い叱責に、小雪の思考が止まった。

スマートフォンから流れる愚かな過去の分身の喘ぐ声が、小雪の体温を奪った。

5

すやすやと寝息を立てる空に添い寝して、既に三十分が経つ。

空の寝顔は、何時間でもみていられる。

このひとときが、小雪にとって至福の時間だった。

——私らＡＶ女優は、初めて会った男優とカメラの前でセックスしてお金をもらう職業なんだよ。

つい一時間前まで会っていたエミリの言葉が、小雪の鼓膜に蘇った。

——百人より千人、千人より一万人、一万人より十万人……ＤＶＤを観てくれる人間が多いのは売れてる証。だけど、売れっ子になるほど、たくさんの人達にセックスを観られているってことになる。セックスが好きでＡＶ女優になったコも、彼氏の借金を返すためにＡＶ女優になったコも、観ている人からしたら関係ない。見知らぬ男のあれをしゃぶって、見知らぬ男にあそこを舐められて、見知らぬ男とセックスしてる女……それ以上でもそれ以下でもないのさ。さっきも言ったけど、小雪はナンバー1（ワン）のAV女優だった。あんたのDVDは出すたびに五万本は売れていた。レンタルやダウンロードを含めると、その何倍にもなるはず。知り合いの旦那さん、兄、弟、親戚、友人、同僚、上司、部下……誰かが小雪のDVDを観ている可能性は高いわ。そんなことくらい予想できなかったなんて言うなら、私がぶっ飛ばすよ。いいかい？　AV女優になると決めた時点で覚悟することはふたつ。ひとつは、一生、子供は作らないと決めること。もうひとつは、自分の過去で子供がいやな思いをするのは避けられないと悟ること。

エミリのアドバイスは、とてもではないが受け入れられるものではなかった。

既に空がいるので、ひとつ目のアドバイスは無理だ。

ふたつ目……空がイジめられるのを受け入れることなど、できるはずがない。

――母として、私は空を守らなければなりません。子供がイジめられているのを見過ごすなんて……親としてできません。

小雪は、エミリを見据えきっぱりと言った。

——甘っちょろいことばかり言ってんじゃないよ！　子供を守るとかイジめられてるのは見過ごせないとか、なに自分のやってること棚に上げてんのさ！　原因は、自分の過去が作ってるんだ……自分の過去が……。

エミリの瞳に浮かぶ涙に、小雪は息を呑んだ。

——私に子供がいたの、知ってるかい？

唐突に、エミリが訊ねてきた。

——安奈ちゃんですよね？

——安奈は、二番目の子供だよ。ウチには、蒼太（そうた）っていう長男がいたんだ。

——いま、蒼太君はどうしてるんですか？

無言で天を指差すエミリに、小雪は鈍器（どんき）で頭を殴（なぐ）られたような衝撃を受けた。

——ごめんなさい……私……。

――あんたが謝ることはないよ。悪いのは、私なんだからね。蒼太は、安奈の父親と出会う前につき合ってた男との間にできた子でね。サラリーマンだったんだけど、私が妊娠したって知ったら、俺の子かどうかわからない、なんて言いやがってさ。DNAとか調べればはっきりしたんだろうけど、こっちから捨ててやったよ。そんな腰抜けは、どうせろくな父親にならないからいないほうがましさ。女手ひとつで育てなきゃならなかったから、産後、蒼太は実家に預けてAVに復帰してね。熟女物とか人妻物とか、需要はあったからお金は稼げたよ。もちろん、蒼太には仕事のことは隠してた。あんたほど売れてなかったから、小学校までは隠しとおせたよ。でも、やっぱ、いつかはバレるもんでさ。中学に入ったときに、クラスの不良グループのひとりが私の作品をネット動画で観たらしくて……それから、噂はあっという間に広がって……。

お前のお袋(ふくろ)って淫乱なんだろ？　お前のお袋って何百人の男とやってんの？　お前のお袋とやらせてくれよ。蒼太は、毎日、不良グループにからかわれるようになってね。一般のクラスメイトや先生達まで白い眼でみるようになったらしくて……なにより、母親がAV嬢だったってことを知った蒼太自身が一番ショックだったみたいでね……。

エミリが言葉を切り、目頭(めがしら)を押さえた。指から手の甲にかけて涙が伝(つた)った。

小雪は、我がことのように胸が詰まった。

——ある朝、蒼太がなかなか起きてこないから部屋に行ったら……。

ふたたび言葉を切ったエミリが嗚咽を漏らした。

——嘘……。

小雪は絶句した。

すべてを聞かずとも、エミリの息子が自ら命を絶ったのだろうことはわかった。

——私が殺したようなものだよ。思春期の一番多感なときに、母親がAV嬢だってことを知らされ毎日イジめられたら、そりゃ、死にたくもなるさ。

エミリが、自嘲気味に笑った。

——蒼太を失ってから私が学んだことは、子供にはAV嬢だった過去を隠すんじゃなくて、打ち明け、とことんまで話し合うことの重要性だよ。ひどく罵られるかもしれないし、家を飛び出すかもしれない。でもね、親が自分の過去を受け止めて誠心誠意話せば、そのときは反発したとしても、いつかはわかってくれるものさ。少なくとも、蒼太みたいなことには……。

悲痛に顔を歪めるエミリの顔が、脳裏に焼きついて離れなかった。

「ママはね、小さい頃から女優さんになるのが夢だったの」

小雪は、空の寝顔に語り始めた。

「十八歳のときにオーディションを受けるために、空のジジとババのいる田舎からひとりで東京に出てきたのよ。オーディションは落ちて、渋谷の街を歩いていると井出さんって男の人にスカウトされたの。君なら、売れっ子の女優になれるって。目の前がバラ色になったわ。最初に、裸になるお仕事で、ママは不安になった。だけど、売れっ子女優になるためだと思って、頑張ったわ。次の仕事も、次の仕事も裸のお仕事ばかりが続いた。不安がどんどん大きくなったけど、それでも信じた。この道の先にはママの『夢』が待っているって……」

寝ている空に、小雪の声は聞こえていない。

聞こえていたとしても、彼女の年齢では理解できないだろう。

それでもよかった。

いまは、とにかく思いを口にしたかった。

「でも、『夢』は待っていなかった。ママは、井出さんに騙されていたの。結局、女優にはなれなかった……だけどね、悪いことばかりじゃなかったわ。有名になったことで、いい思いも一杯してきた。ファンの人から励まされたり、おいしいもの食べたりいろんなとこを旅行したり……罪を犯してるわけじゃないし、胸を張って生きて行こうと思っていた。心ない人になにを言われても、気にしなかった。周囲の人に白い眼でみられても下を向かなかった。でも、あなたが生まれてからは違った。自分は平気だけど、あなたの耳にはいやな言葉を入れたくなかった。もし、ママのことで空がイジめられたらと考えただけで、居ても立ってもいられなかった。あなたにもしものことがあったら……ママは生きてはいけない。ママの命に換えても、空を守る……そう決めたの」

小雪は、空の寝顔をみつめた。

五分、十分……みつめ続けた。

「ママは、こそこそしない。下も向かないし、背中もみせない。過去を受け入れて、あなたの手を握り、道の真ん中を歩いて行く。だから、私を信じてついてきてくれる？」

空が、うっすらと眼を開いた。

「ママ？　おかえりなさい」

にっこりと微笑む空。

「ただいま。起こしちゃった？　ごめんね。うるさかったでしょう？」

「ママが絵本を読んでくれてる夢をみたの。『100万回生きたねこ』だよ。空、嬉しかったな」

空の頰にたこ焼きができて、眼がなくなった。

空は、『100万回生きたねこ』が大好きで、これまでに十回以上読んで聞かせていた。

「ママ、イジめられたの？」

仰向けの空が伸ばした手で小雪の頰に触れた。

小雪が流した涙をみて、勘違いをしたのだろう。

「ううん、イジめられてないよ。空こそ、幼稚園で意地悪とかされてない？」

「うん、空、意地悪されてないよ。みんな、仲良しだよ」

「それはよかった。あのね……もし……もし、ママのことで意地悪されることがあったらすぐに言ってね」

小雪は、躊躇いながら切り出した。

「どうして空が意地悪されるの？　ママ、悪いことしたの？」

空が無邪気に訊ねてきた。

「悪いことなんて、してないわよ。空。いまから、ママが大事なことを言うわね」

小雪が言うと、空の円らな瞳が大きく見開かれた。

「ママね、空くらいにちっちゃい頃、女優さんになるのが夢だったの。女優さんって、わかる？」

「うん。テレビでお芝居をやる人！」

「そうそう。よくわかったわね。ママ、劇団っていうお芝居を勉強するところに入って、テレビに出るために頑張ったわ。発声っていう大きな声を出す練習とか、はっきり言葉を喋るかつぜつって練習とか……大変だったけど、大好きな女優さんになるためなら平気だった」

空に語りながら、劇団時代の遠い記憶が懐かしさとともに蘇った。

愉しいことばかりではなかった。

女優志望だった母は、果たせなかった自らの夢を小雪に託した。

母が期待をかけてくれている。

最初の頃は、純粋に嬉しかった。

しかし、その喜びはプレッシャーに変わっていった。

オーディションに落ちたら、努力が足りないと怒られた。

太るからお菓子やファーストフードはだめ、喉が渇いたらジュースよりミネラルウォーター、シミやソバカスになるから海やプールはだめ、学校から帰ってきたら遊びに行く暇もなくレッスン漬けの毎日……。

女優を目指すことを、苦痛に感じたときもあった。

クラスメイトみたいに、好きな物を食べて、海やプールに行き、普通の子供達のように遊び回りたかった。

だが、一度も、女優への道を諦めようと思ったことはなかった。

そう、小雪のトップ女優になるという夢への執着は、母以上に強かった。

「高校生のときに、女優さんになるために東京にきたの」

「東京にこなきゃ、女優さんになれないの？」

空が、無垢な瞳を向けてきた。

「なれないことはないけど、東京のほうがたくさんチャンスがあるのよ。でも、誰もがチャンスを摑めるわけじゃないの。ママも、オーディションを受けたけど落ちちゃって……」

「オーディチョンってなぁに？」

「オーディションっていうのは、発表会みたいなものよ。ほら、空も今度幼稚園の『お楽しみ会』でシンデレラをやるでしょう？　たとえば、空がシンデレラ役をやりたいって手を挙げたのに、ほかの女の子に決まったみたいなことよ。ママは、女優さんになりたいって手を挙げたんだけど、だめだって言われたの」

六歳の子供にもわかるように、小雪はたとえて話した。

そもそも、小雪が語っていることは、幼子に理解できる内容ではない。

いや、大人であっても、小雪の過去に共感する人は少ないに違いない。

だが、それでも、自分が歩んできた道と決断を、空に伝えたかった……伝えておかなければならなかった。

それが、空を守ることに繫がる……小雪は、そう信じていた。

「ママ、女優さんになれなくてかわいそうだね。空なら、絶対にシンデレラをママにやってほしいのに」

――小雪ちゃんの言うことは先の先まで読めるから、つまらないんだよ。すべてが予想の範疇だし……芸能界は、ずば抜けた個性の集まりだから、自分だけの武器がなきゃやってゆけないよ。はっきり言っちゃえば、君は印象に残らないタイプだね。

八年前の「ワールドプロ」で選考員が口にした言葉が、昨日のことのように生々しく鼓膜に蘇った。

あのとき、オーディションに受かっていたら、シンデレラになれていたのだろうか？

「ありがとう。空がそう言ってくれるだけでママは嬉しいよ。ママは凄く落ち込んで、道を歩いていたら、井出さんって男の人に声をかけられたの。井出さんは、芸能プロダクションの会社の人で、ママを女優さんにしてくれるって言ってくれて」

当時の感情が蘇り、小雪の口もとは自然と綻んだ。

井出との出会いで、小雪は地獄から天国に舞い上がった。

ついに、幼い頃からの夢が叶う……小雪は微塵の疑いもなく信じた。

「ママ、シンデレラになったの⁉」

空が、瞳を輝かせた。

「なった……と思った。でもね、違った。ママのお仕事は……」

小雪は言葉を切り、眼を閉じた。

本当に、言うつもり？　百パーセントバレると決まったわけじゃないでしょう？　もし、バレてしまったとして、それから言えばいいじゃない。

頭の中で、もうひとりの小雪の声がした。

私の過去が空に知られることより、人の口から聞かされたときに受けるショックのほうが心配……。だから、空には私が歩んできた道を自分の口から告げたいの。いまは理解できなくてすぐに忘れても、彼女の成長に合わせて話して行くつもりよ。二度でも、三度でも……空が受け入れてくれるまで、何度でも。

小雪は、もうひとりの自分に思いを告げた。

「ママのお仕事は？」

空の声が、小雪を現実に引き戻した。

「ママのお仕事はね……裸のシンデレラだったの」

小雪は眼を開け、空をみつめた。

「シンデレラが、どうして裸なの？」

困ったような顔で首を傾げる空をみて、小雪の口もとが思わず綻んだ。

「裸のシンデレラの役をやってるお前のママは変だって……そんなふうに、意地悪を言うお友達がいるかもしれない。だけどね、ママは、女優さんになるっていう夢を叶えるために、精一杯、頑張ったの。ドレスは着ていなかったけど……ママが演じていたのは、いつだってシンデレラだったわ」

「お洋服なくても、ママのシンデレラは世界一かわいい！」

空が、顔をくしゃくしゃにして言った。

「ありがとう……」

小雪は、空を抱き寄せた。

「みたいな……」

空が、ポツリと言った。

「なにをみたいの？」

「ママのシンデレラ！　空にもみせて！」

「ママのシンデレラ？」

小雪は空の顔をまじまじとみつめ、訊ね返した。

「うん！　ママのシンデレラ、空もみたい！」

「シンデレラ……」

小雪は呟き、眼を閉じた。

――あ、そう言えば、私の元カレが芸能プロをやってて、ちっちゃいとこだけど、なかなか頑張っててさ。いま一番勢いのある若手女優の森石(もりいし)のぞみとか所属してるとこだから、安心できるし。誰かいいコいたら紹介してくれって言われてるんだけど……もし、いまでも興味あるなら、紹介してあげよっか？

不意に、エミリの言っていたことを思い出した。

許されるだろうか？
もう一度、夢を追うことを……。
なれるだろうか？
服を着たシンデレラに……。

第五章

1

「美沙さん、ちょっといいかしら」

掃除機のスイッチを切り振り返ると、義母の房子が鬼の形相で美沙を睨みつけていた。

「これはなに？」

房子の手には、皺だらけの数枚のワイシャツが握られていた。

「それは……」

……アイロンがけしたばかりのワイシャツです。

美沙は、言葉の続きを呑み込んだ。

「アイロンがけひとつもできないの？　それとも、わざと言いつけを無視したのかしら？」

「お義母様、私は……」

「言い訳は聞きたくないわ。どっちにしても、迷惑するのは貴志よ。あの子に、こんな皺くちゃのワイシャツを着せる気？　貴志は教師なのよ⁉　生徒から馬鹿にされて、父兄からも信頼を失うわ。あの子に恥をかかせる気⁉　貴志が学校にいられなくなったら、どうする気⁉」

房子が、ヒステリックに美沙を責め立てた。

「申し訳ありません。すぐに、やり直しますから」

ワイシャツに伸ばそうとした美沙の手を振り払い、房子が平手打ちを浴びせてきた。

「カット！　カーット！」

セット内に、監督――泉の怒声が響き渡った。

「なんだその腰の引けた平手は！　房子は、かわいくてたまらない貴志を奪われた恨みで、美沙のことが憎くて憎くて仕方がないんだぞ⁉　もし罪にならないのなら、殺したいくらいに思ってるはずだ。そんな蚊の止まるようなビンタで、リアリティが出るわけがない！」

烈火の如き怒りを爆発させる泉に、空気が凍りついた。

房子役の恭子は、いまにも泣き出しそうに顔を歪めていた。

「本当に、すみませんでした……つい、遠慮してしまいまして……」

「遠慮⁉　梨穂ちゃんが昼ドラのヒロインとして人気急上昇中の新人だからか？　将来彼女が大女優になったときに、共演NGにされないためか？」

「そんなこと、考えていません」

泉が、皮肉たっぷりに言った。

「言い訳ばかりするんじゃ……」

「監督、私は大丈夫ですから」

小雪は、みるに堪えずふたりの間に割って入った。

「でも、梨穂ちゃん……」

「撮影を再開しましょう」

小雪は、泉を遮り言った。

「まあ、梨穂ちゃんがいいならいいけどさ。ほら、梨穂ちゃんに謝るんだ」

「梨穂さん……いやな気分にさせて、ごめんなさいね」

恭子が、眼に涙を浮かべ詫びてきた。

「いやな気分になんて、なってませんよ。だから、全然、気にしないでくださいね」

小雪は、笑顔で言った。

恭子を慰める意味で言ったのではなく、本音だった。

子役のとき以来、ふたたび、女優としてカメラの前に立てるようになっただけで幸せだった。

エミリの紹介で彼女の元恋人が経営する芸能プロダクション――「スターライト」に所属したのが二年前……小雪は、奈々倉梨穂として新たな人生を歩み始めた。

所属当時はエキストラに毛が生えたような脇役ばかりだったが、小雪には夢のような日々だった。

服を着て演技ができる幸せは、「裸のシンデレラ」だったからこそわかることだ。

過去を後悔することはしたくなかった。

過去を否定することは、空を否定することになる。

空が小学校に上がるときに、初台から中目黒に引っ越した。

空は二年生になった。

いまはまだ、昼ドラ「聖女と悪女」で注目を集めている奈々倉梨穂が過去に人気ＡＶ女優だった竹花美冬と気づくものはいない。

だが、永遠にそうだとはいえない。

いつかは、その日がくる。

小雪が女優として注目を集めれば集めるほどに……。

「さあ、監督、始めましょう！」

小雪は、憂鬱な記憶を振り払うように溌剌とした笑顔で言った。

☆　☆

「二時からテレビ誌の取材、三時から新作映画の番宣出演でバラエティ番組『今夜が最高』の収録、五時から番宣出演で情報番組『トレンド7』の収録、七時から女性誌の取材、八時からボイスレッスン……」

「すみません、今日のボイス、お休みさせて頂けませんか？」

移動中の車中――後部シートで弁当を食べていた小雪は箸を止め、ハンドルを握るチーフマネージャーの祥子に言った。

昨日四十五回目の誕生日を迎えた祥子は業界歴二十年のベテランで、三人の息子がいる。

エミリから小雪の過去をすべて知らされた上で、祥子はマネジメントを引き受けてくれた。

あるときは、姉として、母として、友人として、祥子は小雪にとって頼れる存在だった。

「あら、具合でも悪いの？」

「いえ、空にご飯を作ってあげたいんです」

「お手伝いさんがいるでしょう?」

祥子が、怪訝そうな表情で振り返った。

「いますけど、たまには、一緒にいてあげたいんです。この半年、帰りがいつも遅くて、空と過ごせてなくて……」

遠慮がちに、小雪は切り出した。

昼ドラ……「聖女と悪女」がオンエアされてからの小雪は一気に知名度が上がり、休みもほとんど取れないほどの忙しさだった。

「見事なイジめられっぷりに主婦が共感して、あっという間にブレイクしちゃったもんね。でもね、小雪。忙しいのは女優にとって幸せなことだよ。スケジュールスカスカの芸能人ほど惨めなものはないからさ」

祥子が、肩を竦めた。

「わかってます。女優は、幼い頃からの夢でしたから。でも、独身時代のときと違って、やっぱり、空を最優先してあげたいんです」

小雪は、眼を閉じた。

――ママ、いつも帰りが遅くなって寂しい思いばかりさせて、ごめんんね。

昨夜、珍しく起きていた空に添い寝しながら、小雪は詫びた。

――空、寂しくないよ。だって、テレビでママに会えるもん。

空が、弾けるような笑顔で言った。

――でも、テレビのママに話しかけても答えてくれないでしょう？

――うん、でも、ママのお顔をみられるから、空は寂しくないよ。

健気な空を思い出しただけで、小雪の涙腺が熱くなった。

「女は、子供を産む前と産んだ後では別人になるからね。まあ、気持ちはわかるよ。私も、息子が生まれる前は旦那さんが最優先だったけど、母親になってからは子供が最優先だから。男に言わせると、天使が子供を産んだら悪魔になるんだとさ」

言って、祥子が豪快に笑った。

「空ちゃんの父親には、たまには会ってるの？」

「いえ、全然……」

もう、七年も会っていないというのに、井出の顔が鮮明に脳裏に蘇った。

初めて愛した男性だった。
井出に出会わなければ、小雪の人生は違っていたものになっていたはずだ。
ＡＶ女優になる前は、男性とつき合ったことさえなかった。
これから、空を苦しめるだろう小雪の過去は、井出の手で作られた。
だが、小雪は、井出を憎んでなかった。
彼への愛は、とっくの昔に消えていた。
井出を憎まないのは、空のためだ。
彼を否定するのは、自分を……空を否定するのと同じだ。
車が、路肩に移動し停車した。
「トイレですか？」
小雪は訊ねた。
祥子は背中を向けたまま、返事をしなかった。
「祥子さん？　大丈夫ですか？　具合でも、悪いんですか？」
祥子が振り返り、無言で雑誌を差し出してきた。
小雪は、雑誌……写真週刊誌を受け取った。
開かれたページに落とした小雪の視線が凍てついた。

衝撃！

人気急上昇中の昼ドラヒロイン、奈々倉梨穂は人気AV嬢だった！


見開きのカラーページに掲載されているAV女優時代のDVDジャケットを、小雪は凝視した。


「聖女と悪女」でヒロインを演じブレイク中の新進女優、奈々倉梨穂の衝撃の過去が明らかになった。

なんと奈々倉梨穂は、竹花美冬という名前で八年前にAV女優として活動していた。

活動期間は三年ほどだったが、清楚な雰囲気と愛くるしい顔立ちで爆発的な人気を博し、世の男性のハートと下半身を熱くさせていた。


「バレちゃいましたね」

小雪は、小さく息を吐いた。

「記事になるのが、遅過ぎたくらいじゃない？　引退して七、八年が経ってるっていってもさ、竹花美冬は有名人だったからね。女優、奈々倉梨穂がここまで注目されたら、嗅ぎつけられないほうがおかしいよ」

「そうですね」

「やけに、あっさり言うじゃない。小雪、ショックじゃないの？」

祥子が、拍子(ひょうし)抜けしたように訊ねてきた。

「芸能活動をすると決めた時点で、この日がくるのを覚悟していましたから」

小雪は、きっぱりと言った。

「そっか。あんた、なかなか根性据(す)わってるね」

祥子が、眼を細めて小雪をみつめた。

強くなれたのは、空のおかげだ。

昔は、いつ、バレてしまうのではないかと怯(おび)えていた。

いまは違う。

自分の歩んできた道をすべて受け止めると誓った。

そうすることが、空を守る唯一の方法だと気づいた。

「この写真誌の発売は明日だから、ドラマの現場や事務所にマスコミが押し寄せてくると思うわ。私と社長で今夜中にコメントを考えておくから……」

「記者会見を開いてください」

小雪が遮るように言うと、祥子が驚いたように眼を見開いた。

「記者会見⁉ あなた、それ、冗談でしょ⁉」

祥子が、後部座席に移動しながら言った。

「本気です。以前から、過去がバレたらそうしようと考えていました」

「スターライト」に所属すると決めた時点で、小雪は覚悟していた。

世間にどれだけ好奇の視線でみられようとも、逃げるつもりはなかった。

自分が、空の盾(たて)になるつもりだった。

しばらくの間は、空にも風当たりは強くなるだろう。

しかし、永遠に続く夜がないように……永遠に続く嵐がないように、必ず、朝は訪れ、空は澄(す)み渡る。

「そうしようと考えていましたって……あなた、それ、本気で言ってるの!? スキャンダルは、マスコミと正面からぶつかったらだめよ。あいつら、ハイエナみたいに骨の髄(ずい)までしゃぶってくるんだから」

「でも、うやむやにするのはいやなんです」

「うやむやにするなんて、誰が言った？ 事情説明はするわよ。ただし、ファクスでね。騒ぎがおさまるまで、この件について口を開いちゃだめ。あと処理は、私に任(まか)せなさい。こういうときのために、事務所に所属してるんだからね」

祥子が、小雪の肩を抱き諭(さと)してきた。

「お願いです。記者会見を開かせてください」

「いい加減にしなさい！　記者会見なんて開いたら、マスコミの思う壺よ。空ちゃんが、いやな思いをしてもいいわけ!?」

祥子が、一転して厳しい口調で問い詰めた。

「いやな思いをさせないために、記者会見を開きたいんです」

小雪は、祥子に瞳で訴えかけた。

「それ、どういう意味よ？　記者会見なんてすれば、あなたが過去にＡＶ嬢だったことが全国放送で流されるのよ？　その日だけで終わればまだましだけど、繰り返しワイドショーや週刊誌に取り上げられることわかってる？　空ちゃんだって二年生だから、自分のママがなにを騒がれてるかは、なんとなくわかるはずよ」

「わかってます。でも、私が会見しなくても過去のことはついて回ります。周りから母親の過去を興味本位の人達に聞かされて知るより、私の口からきちんと話しておきたいんです。記者会見の映像はインターネットで簡単に検索できますし、空が大きくなったらみせてあげたいんです。好奇と嘲りの眼を向けてくる世間にたいして、母親が逃げ隠れせずに正面から向き合っている姿を……」

小雪は、ひと言、ひと言に、思いを込めて伝えた。

「私だって子供がいる母親だから、あなたの気持ちはわかるわよ。でもね、世の中、そんな理想通りに運ぶものじゃないわ。あなたの記者会見で日本中が大騒ぎしているときに、間違いなく空ちゃんはイジめられる。あなたは、将来、興味本位の他人の口から真実を聞かされた空ちゃんが傷つくことを心配してたけれど、そうかしら？　空ちゃんがいろんなことに理解を示せる年頃になっているかもしれないでしょう？　逆に、いまだと幼過ぎて……理解できなくて周りの白い眼に耐えられずに心が病んでしまったら？　トラウマになって……」

「空のことは、私が一番、わかってます。私に疚しい気持ちが一ミリもなかったら、空はどんなことにも耐えられる強いコです。あのコにとって一番傷つくのは、私が真実を隠すことなんです」

小雪は、膝の上で拳を握り締めた。

「とにかく、記者会見なんて絶対にだめよ。社長だって、許してくれるわけないわ」

「社長が許してくれないなら、自分で記者会見を開きます」

小雪は、祥子の眼をまっすぐに見据えた。

「自分で……って、あなた、そんなことしたらクビになるわよ!?」

「覚悟してます」

小雪が即答すると、祥子が息を呑んだ。

「あなた……はやまったらだめよ。女優になるの、幼い頃からの夢だったんでしょう？

それに、いま、奈々倉梨穂は注目度ナンバーワンの女優よ!?　せっかく掴んだチャンスを、みすみす手放すって言うの⁉　ねえ、悪いこと言わないから思い直しなさい」

祥子が、小雪の肩を揺すり訴えた。

「たしかに、女優になることは私の夢でした。だけど、いまの夢は、空が笑顔で暮らすことなんです。この夢に勝るものは、ありません」

小雪は祥子から眼を逸らさず、きっぱりと言った。

空の笑顔に比べたら、トップ女優への切符などただの紙切れに過ぎなかった。

2

小雪は、舞台袖から会見場を覗いた。

新宿西口「シアトルホテル」の「鳳凰の間」には、百人以上の記者が押しかけていた。

「凄い数が集まったな……。皮肉にも、奈々倉梨穂の人気を証明する結果になったってわけだ」

「スターライト」の社長……樋口が、記者で溢れ返る会見場を複雑な顔で見渡しながら独りごちた。

――だめだ！　お前はこの大事な時期に、いったい、なにを考えてるんだ！

一週間前……記者会見を開く意志を伝えた瞬間、予想通り樋口は烈火の如く激怒した。

認めてくれなければ芸能界を引退する——小雪は、一歩も退かなかった。

小雪にやめられたら元も子もなくなるので、最終的に樋口は渋々と記者会見を認めた。

「いいか？　事務所で打ち合わせた以外の発言は絶対にだめだからな。返事に困るような質問には答えなくていい。弁護士が遮ってくれるから、余計なことは言わずに任せておくんだ。子供のことと父親に関しての質問はＮＧを出してあるから大丈夫だとは思うけど、万が一訊かれても、すべて無視していいから。ＡＶをやったことに関しては、騙されたで押し通せば若気の至りということでなんとかなるし、実際に本当のことだ。女優を夢みて田舎から上京した十代の純朴な少女が悪徳スカウトマンに騙され、ＡＶ嬢にされてしまう。同情票を集めれば、会見前より人気が上がる可能性も十分だ。ＡＶをやっていたっていうマスコミの野次馬的好奇心は、二、三ヶ月もあればほとぼりが冷めるもんだ。だが、子供と父親のことはだめだ。女優、奈々倉梨穂の商品価値を下げることはあってもプラスになることはなにもない。お前のわがままを呑んでやったんだから、今度は俺の言うことを聞いてくれよ。な？　わかったか⁉」

樋口は小雪の両肩を摑み、不安げな表情で念を押してきた。

「わかりました」

小雪の声は、緊張で強張っていた。

奈々倉梨穂の女優生命など、どうでもよかった。

好奇、嘲笑、軽蔑……悪意の視線を集めるのは、自分だけで十分だった。

今日で終わりにする。

小雪は、不幸の連鎖を一身に背負い込むことを誓った。

☆　☆

進行役を務める弁護士の佐橋真理恵、小雪の順で会見場に姿を現わすと、眼を開けていられないほどのフラッシュが明滅した。

小雪は深く頭を下げ、席に着いた。

「では、これより、奈々倉梨穂の記者会見を行います。質問は一社につき一問でお願い致します。こちらで不適切と判断した質問にはお答えできません。奈々倉梨穂の名誉を傷つける旨の発言があった場合は、即刻会見を中止させて頂きます」

真理恵が、毅然とした表情で記者達を見渡し、事務的な口調で言った。

「質問のある方は挙手をお願いします」

　真理恵が言うと、我先にと記者達が手を挙げた。

　その光景は、水面に落ちた獲物を争うピラニアのようだった。

「では、ブルーのポロシャツを着ている男性の方」

「『週刊現実』の浅間と言います。初歩的な質問ですが、そもそも奈々倉梨穂さんが竹花美冬としてＡＶ女優になったきっかけはなんですか？　お金に困っていたとか？　それとも、好奇心……」

「憶測での質問はご遠慮願います。なぜ、ＡＶ女優になったかのきっかけを奈々倉さんのほうからご説明します」

　真理恵が記者を遮り、小雪に質問をパスした。

「まず、最初に、このたびは、私のことで世間をお騒がせして大変申し訳ありません。今日の会見で、誠心誠意お答えして行きたいと思いますのでよろしくお願いします。早速、一番目の質問にお答えします。私は幼い頃から女優を目指し、児童劇団に所属していました。十八のときに、ある大手芸能プロダクションのオーディションを受けるため上京しましたが不合格でした。落ち込んで渋谷の街を歩いているときに、芸能プロの名刺を持つスカウトマンに声をかけられました。君はトップ女優になれる。そんな甘言を、世間知らずな私は疑うこともなく信じてしまったんです。そのスカウトマンは本当は芸能プロの人ではなくAVの会社の人でした」

小雪は、十年前の記憶を手繰り寄せながら言った。

「最初はわからなくても……」

「一社一問の質問でお願いします。では、次の方……黄色いネクタイの方どうぞ」

真理恵が、次の記者を促した。

「『毎朝スポーツ』の園田と申します。『週刊現実』さんの質問の続きになりますが、スカウトされたときにはわからなくても、裸でセックスシーンばかりの現場に疑問を覚えたりはしませんでしたか？」

「違和感を覚えましたが、それ以上に当時のマネージャーを信頼していましたし、女優になりたいという思いが強かったので……」

「次、白いブラウスの女性の方、どうぞ」

「『ゴシップワイド』の久保と申します。奈々倉さんが信頼されていたというマネージャーさんとは、男女の関係だったんですか？」

「その質問にはお答えすることは……」

「そうです。初恋の人であり、子供の父親です」

真理恵を遮り、小雪は席から立ち上がった。

小雪の衝撃的発言に、会見場が記者達のどよめきに包まれた。

「奈々倉さん、勝手な発言は……」

「いいんです。言わせてください」

小雪は、ふたたび真理恵を遮った。

舞台袖から、樋口と祥子が必死の形相で両腕を交差させバツ印を作っていた。

「いまの仕事で実績を積んで行けば、必ず夢が叶う。愚かな私は、彼の言葉を信じ続けました。デビューして一年が過ぎた頃には、さすがに、騙されていたんだと気づきました。私は彼と別れ、AV業界を引退しました。引退後は、シングルマザーとなり、娘を育てました。でも、私の過去を知った周りのお母さん達が、嫌がらせを始めました。インターネットが世界的に普及している現代で、竹花美冬の過去を隠すことは不可能です。娘を守るために、私は過去を封印するのではなく向き合っていくことを決意しました。女優業を再開する決め手になったのは、娘のひと言でした。『お洋服なくても、ママのシンデレラは世界一かわいい』。娘は、そう言ってくれました……」

小雪は言葉を切り、嗚咽を堪えた――テーブルの下で膝に爪を立て、溢れそうになる涙を堪えた。

空が笑顔で励ましてくれているのに、自分が泣いてどうする？

この記者会見は、後々、空もみることになる。

そのときに母親が暗い表情をしていたら、空が哀しむことだろう。

未来の空が胸を張れるように……そのためにも、小雪は堂々としていたかった。

「私が女優を目指す意味は、十代の頃といまでは違います。昔は、単純に有名になりたかった。でも、いまは、娘に、『ドレスを着たシンデレラ』をみせてあげたいというのが一番の理由です」

「バレるまで隠したほうがいいとは思わなかったんですか⁉」

「この会見をすることで娘さんが学校でイジめられるという心配はないんですか⁉」

「娘さんが年頃になって、私もＡＶをやりたいと言い出したら認めるんですか？」

「記者会見をみている視聴者は奈々倉さんを理解してくれると思いますか？」

堰(せき)を切ったように、そこここから質問が飛んできた。

「勝手な質問はやめてくださいっ。このままだと、会見を中断することになりますよ！」

真理恵も立ち上がり、記者達に大声で警告した。

「なんのための会見だ！」

「奈々倉梨穂がどうしてＡＶ女優をやっていたのかを説明するための場じゃないのか⁉」

「イメージ回復のためのご都合会見か⁉」

「視聴者は馬鹿じゃないんですっ。縛(しば)りだらけの会見なんて逆効果になりますよ！」

真理恵の警告が仇(あだ)となり、記者達がヒートアップした。

「聞いてください！　私は逃げも隠れもしませんから！」

小雪が言うと、記者達のざわめきが瞬時におさまった。

「AV女優をやっていたということで、私が陰口を叩かれたり後ろ指をさされるのは我慢できます。でも、私は誰に謝ることもしませんし、謝らなければならないような悪いこともしていません」

小雪は、正面のテレビカメラを見据え、きっぱりと言った。

「なら、どうして会見するんだよ⁉」

「そうだ！　写真週刊誌なんて、無視してればいいじゃないか！」

「昼ドラヒロインの座を失いたくないんだろ⁉」

「娘の将来を考えたら、母親としてAVなんかに出演したのは……」

「ましてや、あなた方に謝らなければいけないようなことはなにもやっていません！　芸能界にしがみつくつもりもありません」

小雪は、強い口調で記者達を遮った。

「私が記者会見を開いた理由はひとつだけ……」

小雪は言葉を切り、眼を閉じた。

神様……私の人生は、今後、死ぬまで不幸でも構いません。

そのぶんの幸せを、空にあげてください。

ゆっくりと小雪は眼を開け、テレビカメラの赤いランプをみつめた。

「私の娘……空にたいしてのメッセージを送るためです。空、ママは過去を悔いることなく胸を張って生きてゆくわ。だから、あなたも、誰になにを言われても、恥じることも疚しさを感じることもなく、堂々と生きるのよ」

会見場がどよめいた。

視界の端で、樋口と祥子がうなだれていた。

ふたたび、小雪は眼を閉じた。

後悔はなかった。

小雪の口もとが、自然に綻んだ。

終章

『紀伊國屋書店』新宿本店の二階に設けられたサイン会会場には、百名をゆうに超える長蛇の列ができていた。

「お名前はなんですか?」

著書……『裸のシンデレラ』の化粧扉にサインペンを走らせつつ小雪は、シャネルのワンピースに身を包む二十代半ばと思しき女性に訊ねた。

「夢に奈良の奈と書いて、夢奈と言います!」

女性――夢奈が、頰を紅潮させて答えた。

「私、風俗やりながら五歳の子供を育ててるんですけど、梨穂さんの記者会見をみて励みになりました! これからも、頑張ってください!」

小雪がサインした書籍を渡すと、夢奈が右手を差し出してきた。

「ありがとうございます! お互いに、頑張りましょうね!」

小雪は、夢奈の手を握りながら笑顔で言った。

「わー！　テレビで観るより顔ちっちゃ！　マジかわいくて感激なんですけど！」

夢奈の次に並んでいたギャルふうの茶髪にブレザーの制服を着た少女が、『裸のシンデレラ』を胸に抱きハイテンションに飛び跳ねた。

「お名前は？」

「華！　華やかのほうの華です！」

「素敵な名前ね」

微笑みながら、小雪は華の書籍にサインした。

「マジ感激！　梨穂さん、これからもイケてる女でいてくださいね！」

華が小雪の手を握りウインクした。

約一年前に開いた記者会見のあと、ワイドショー、週刊誌、スポーツ新聞、インターネットは奈々倉梨穂の話題で持ちきりだった。

予想通り激しい梨穂バッシングが起こったが、予想外だったのはそれ以上の支持者が現われたことだった。

子供のいるＡＶ女優、キャバクラ嬢、風俗嬢を中心に「梨穂信者」が多数誕生し、信者の数は増え続けて専業主婦や女子中高生にまで広がった。

記者会見のあと、一度芸能界を引退した小雪だったが、出版社からの自叙伝の執筆依頼や情報、バラエティ番組への出演オファーが相次ぎ、「スターライト」に文化人タレントとして復活した。

処女作の自叙伝『裸のシンデレラ』は発売一ヶ月で五十万部突破の大ベストセラーとなり、朝の情報帯番組のレギュラーとして主婦層にも認知度が上がった。

記者会見を行ったことで文化人タレントとしてブレイクした小雪だったが、なによりも嬉しかったのは空がかけてくれた言葉だった。

――みんなが、空ちゃんのママみたいなママがほしいって言うの。空、ママの子でよかった！

空の言葉を思い出すたびに、胸に熱いものが込み上げた。

「梨穂さん……梨穂さん」

出版社の担当編集者の呼びかけで、小雪は我に返った。

小雪は慌てて、目の前に差し出された著書の化粧扉にサインペンを走らせた。

「お名前を、教えてください」

サングラスをかけている三十過ぎくらいの男性に、小雪は訊ねた。

「井戸の井に出ると書いて、井出です」

男性が口にした名前を聞き、小雪は絶句した。

「ひさしぶりだね、小雪ちゃん」

言いながら男性……井出がサングラスを取った。

およそ、十年ぶりの再会だった。

あまりにも雰囲気が変わり、すぐにはわからなかった。

井出は当時よりも頬がこけ、やつれた印象だった。

いつもお洒落で小奇麗にしていた面影はなく、頬には無精髭が散らばり、スーツは皺だらけで、革靴の先は傷だらけだった。

頭髪は生え際が後退し、頭頂も薄くなっていた。

「君の人生を台無しにしてしまって、本当に、悪かった……十年間、ずっと言いたかったんだ」

涙に濡れる赤く充血した眼で、井出が小雪をみつめた。

異変を察した男性マネージャーの中川が、井出の腕を掴んだ。

「いいの」

「でも……」

「大切な読者の方よ」

小雪が言うと、中川は渋々と井出の腕から手を離した。

「井出さんって、おっしゃいましたよね？　あなたは、なにも悪くなんてないし、なにも謝らなくていいんですよ」

小雪は、井出に穏やかな口調で言った。

「えっ……でも、俺は君を……」

「どなたかと人違いをなされてるんじゃないですか？　あなたとは、今日、初めてお会いしました。それに、私の人生は台無しどころか、最高です。娘とも幸せに暮らせてますし。お買い上げ、ありがとうございました」

小雪は笑顔で、サインした『裸のシンデレラ』を井出に両手で差し出した。

しばらく放心状態で立ち尽くしていた井出だったが、寂しげな笑みを浮かべ小さく何度も頷くと足を踏み出した。

「本物の梨穂さんだ！　握手してください！」

豹柄のワンピースを身に纏う金髪を盛り髪にしたキャバ嬢ふうの若い女性が、色石がごてごてと付いたスカルプの指先を差し出してきた。

「今日は、ありがとうございます」

小雪はスカルプで派手に装飾された彼女の指先を両手で包み込み、笑顔を向けた。

（本書は、平成二十六年十月に小社から四六判として刊行された同名の作品に、著者が刊行に際し加筆・修正したものです。また本書はフィクションであり、登場する人物、および団体名は、実在するものといっさい関係ありません）

少女A

一〇〇字書評

切り取り線

購買動機（新聞、雑誌名を記入するか、あるいは○をつけてください）	
□（　　　　　　　　　　　）の広告を見て	
□（　　　　　　　　　　　）の書評を見て	
□ 知人のすすめで	□ タイトルに惹かれて
□ カバーが良かったから	□ 内容が面白そうだから
□ 好きな作家だから	□ 好きな分野の本だから

・最近、最も感銘を受けた作品名をお書き下さい

・あなたのお好きな作家名をお書き下さい

・その他、ご要望がありましたらお書き下さい

住所	〒				
氏名		職業		年齢	
Eメール	※携帯には配信できません	新刊情報等のメール配信を 希望する・しない			

この本の感想を、編集部までお寄せいただけたらありがたく存じます。今後の企画の参考にさせていただきます。Eメールでも結構です。

いただいた「一〇〇字書評」は、新聞・雑誌等に紹介させていただくことがあります。その場合はお礼として特製図書カードを差し上げます。

前ページの原稿用紙に書評をお書きの上、切り取り、左記までお送り下さい。宛先の住所は不要です。

なお、ご記入いただいたお名前、ご住所等は、書評紹介の事前了解、謝礼のお届けのためだけに利用し、そのほかの目的のために利用することはありません。

〒一〇一‐八七〇一
祥伝社文庫編集長　坂口芳和
電話　〇三（三二六五）二〇八〇

祥伝社ホームページの「ブックレビュー」からも、書き込めます。

http://www.shodensha.co.jp/bookreview/

祥伝社文庫

少女A

平成29年7月20日　初版第1刷発行

著　者　新堂冬樹

発行者　辻　浩明

発行所　祥伝社

東京都千代田区神田神保町3-3
〒101-8701
電話　03（3265）2081（販売部）
電話　03（3265）2080（編集部）
電話　03（3265）3622（業務部）
http://www.shodensha.co.jp/

印刷所　萩原印刷
製本所　ナショナル製本
カバーフォーマットデザイン　芥 陽子

 ISBN978-4-396-34330-9 C0193